그리즐리 곰 왕

야생의 모험담

제임스 올리버 커우드 지음

이 책의 한국어 판 저작권은 문림출판에 있습니다.
저작권법에 의해 한국 내에서 보호를 받는 저작물이므로
무단 전재와 무단 복제를 금합니다.

THE GRIZZLY KING

A ROMANCE OF THE WILD

그리즐리 곰 왕

야생의 모험담

James Oliver Curwood 지음

1918

나의 아들에게

차례

번역가의 말 ··· i
일러두기 ·· i
서문 ··· ii
1장 ·· 1
2장 ·· 6
3장 ·· 13
4장 ·· 21
5장 ·· 27
6장 ·· 37
7장 ·· 48
8장 ·· 62
9장 ·· 71
10장 ··· 80
11장 ··· 84
12장 ··· 96
13장 ··· 104
14장 ··· 115
15장 ··· 124
16장 ··· 135
17장 ··· 143
18장 ··· 148
19장 ··· 154
20장 ··· 158

번역가의 말

『그리즐리 곰 왕: 야생의 모험담』(*The Grizzly King: A Romance of the Wild*)에는 인간미 넘치는 곰과 잔인한 인간 사이의 숨 막히는 추격전이 펼쳐집니다. 곰의 사랑과 우정이 섬세하게 묘사되고, 동물들의 독특한 시선으로 바라본 상황이 새롭고 익살스럽게 표현됩니다. 작가는 동물과 인간의 공통된 감정과 본성을 포착하며 그 경계를 흐리고, 기록을 통해 그리즐리 곰 쏘어를 불멸의 존재로 남깁니다. 작품을 읽으면서 햇살이 가득하고 꽃이 흐드러지게 핀 푸른 초원에서 곰과 왈츠를 추는 듯한 느낌이 들었습니다. 독자 여러분도 이 작품을 통해 일상의 무게를 잠시 내려놓고, 자연과 교감하는 즐거운 시간을 보내시기를 바랍니다.

일러두기

이 번역본에서는 미국식 단위를 우리나라 독자들에게 친숙한 단위로 바꾸었으며, 숫자는 반올림하여 표기했습니다. 또한 원문에서 문단이 지나치게 짧거나 긴 경우, 읽기 편하도록 문단 구성을 조정했습니다.

서문

대중에게 선보이는 저의 자연에 관한 이 두 번째 책에는 고백과 희망이 담겨 있습니다. 이는 도살보다 야생이 더 짜릿한 재미를 제공한다는 것을 알기 전에 수년간 사냥하고 죽인 사람의 고백이자, 사냥의 가장 큰 설렘은 죽이는 데에 있는 것이 아니라 살려 두는 데 있다는 점을 이 글을 통해 다른 사람들이 느끼고 이해하기를 바라는 희망입니다.

탁 트인 대자연 속에서 어떤 동물은 살기 위해 죽여야 하고, 어떤 동물은 고기를 먹어야 하고, 고기가 곧 생명이라는 것은 사실입니다. 그러나 먹기 위한 살생은 도살에 대한 욕망과는 다릅니다. 그것은 브리티시 컬럼비아(British Columbia)의 산맥에서의 그날을 저에게 항상 떠올리게 하는 그 욕망과는 다른 것입니다.

그날 저는 산비탈에 있던 그리즐리 곰 네 마리를 두 시간이 채 안 되어 죽였습니다. 120분 안에 어쩌면 120년의 삶을 파괴한 셈이지요. 그리고 그것은 제가 이제 스스로를 거의 범죄자였다고 여기는 많은 사례 중 단 하나일 뿐입니다. 죽이는 행위에서 오는 흥분을 얻기 위해 저지른 살생은 살인과 거의 마찬가지이기 때문입니다.

동물에 관한 제 책들은 제가 지금 조금이나마 애써 하려는 배상입니다.

그리고 저는 이 책들이 단지 낭만적인 흥미거리일 뿐만 아니라, 사실에 기반한 믿을 수 있는 기록이 되기를 진정 바라왔습니다. 인간의 삶이 그러하듯 야생의 삶 속에도 불행, 익살과 애처로움이 존재합니다. 야생의 삶에는 책으로 남길 만한 매우 흥미로운 사실들, 실제 사건들과 실제 삶들이 있어서, 작가가 상상력에 의존해야 할 필요는 거의 없습니다.

책 『카잔』(Kazan)에서 저는 북부 지역의 야생 썰매개들과 함께한 수년간의 경험을 독자에게 생생하게 보여주려고 노력했습니다. 『그리즐리 곰왕: 야생의 모험담』(*The Grizzly King: A Romance of the Wild*)은 제가 기록한 야생 동물들의 삶에서 발견한 사실들을 철저하게 반영해서 쓴 책입니다. 새끼 곰 머스크와 (Muskwa)는 캐나다의 로키산맥 (Canadian Rockies)에서 여름과 가을 내내 저와 함께 있었습니다. 피푸나스쿠스 (Pipoonaskoos)는 파이어팬 (Firepan) 산맥 지역에 묻혀 있으며, 그의 무덤 위에는 백인과 마찬가지로 비석이 세워져 있습니다. 우리가 애서배스커강 (Athabasca)에서 찾아낸 두 마리의 그리즐리 새끼 곰들은 죽었습니다. 쏘어 (Thor)의 서식지는 사냥꾼들이 가지 않는 지역이고 마침내 기회가 왔을 때, 우리는 그를 죽이지 않아서 그는 여전히 살아있습니다.

올해 (1916년 7월) 저는 쏘어와 머스크와가 살던 그 지역으로 돌아갈 예정입니다. 쏘어는 다 자란 거대한 곰이었기 때문에, 제가 만약 그를 다시 만난다면, 저는 그를 알아볼 것이라고 생각합니다. 뿐만 아니라, 2년 만에 머스크와는 새끼 곰에서 다 자란 곰이 되었을 것입니다. 그렇지만 저는 머스크와가 저를 우연히 다시 만난다면, 그가 저를 알아볼 것이라고 믿습니다.

저는 머스크와가 설탕을, 밤에 수십 번 그가 저에게 바싹 달라붙어 잔 것을, 우리가 뿌리와 열매를 함께 찾으러 다닌 것을, 그리고 우리가 야영지에서 장난삼아 즐겨 하던 싸움을 잊지 않았기를 바랍니다. 하지만 어쨌든 우리 일행이 너무 매정하게 도망치듯 그를 두고 떠난 마지막 날로 인해, 그는 저를 용서하지 않을지도 모릅니다. 그가 산에서 자유롭게 살도록 그를 혼자 내버려둔 것이었지만 말입니다.

제임스 올리버 커우드 (JAMES OLIVER CURWOOD).

미국 미시건주 오와소 (Owosso, Michigan),

1916년 5월 5일

1장

    거대한 붉은빛 바위처럼 고요하고 미동도 없이, 쏘어 (Thor)는 자신의 영역을 바라보며 한동안 서 있었다. 그리즐리 곰들이 다 그렇듯, 쏘어는 멀리 볼 수 없다. 쏘어의 눈은 작았고 두 눈이 멀리 떨어져 있었고, 시력이 나빴다. 1/3 마일 (약 0.5km) 또는 1/2마일 (약 0.8km) 거리에서 쏘어는 염소나 산양을 식별할 수 있었지만, 그에게 그 너머의 세상은 큰 태양으로 환히 빛나는 낮이든 어두워진 밤이든 신비로운 세계였다. 그는 대개 소리와 냄새에 이끌려 그 미지의 세계를 두루 걸어 다녔다.

    쏘어를 지금 고요하고 움직이지 않는 상태로 유지하게 하는 것은 바로 그의 후각이었다. 골짜기 너머 위쪽에서 이전에 결코 맡지 못한 냄새가 그의 콧속으로 들어왔다. 그것은 그곳에 속하지 않은 어떤 냄새였고, 그의 마음을 묘하게 자극했다. 그의 느리게 작동하는 동물 본성이 냄새를 이해하고자 애썼지만 헛수고였다. 많은 순록을 죽인 경험으로 그는 그것이 순록이 아님을 알았다. 그것은 염소도, 양도 아니었다. 그는 마멋 수백 마리를 먹어봤기 때문에 그것이 바위 위에서 햇볕을 쬐는 통통하고 게으른 마멋의 냄새가 아님을 알았다. 그것은 그를 화나게 하는 냄새가 아니었고, 그를 두렵게 하지도 않았다. 그는 궁금했지만, 그 냄새를 찾아가기 위해 내려가지 않았다. 신중함이 그를 저지했다.

  만약에 쏘어가 1마일 (약 1.6km)이나 2마일 (약 3.2km)을 분명히 볼 수 있었다 해도, 그의 눈은 골짜기 아래에서 바람이 실어온 것보다 훨씬 적은 것을 발견했을 것이다. 그는 작은 평원의 가장 자리에 서 있었다. 그의 아래로는 그로부터 1/8 마일 (약 209m) 떨어진 곳에 골짜기가 있었고, 그가 그날 오후에 넘어온 고개가 그의 위로 1/8 마일 떨어진 곳에 있었다.

  그 평원은 컵과 매우 유사하게 생겼고, 산의 녹색 경사면에 약 1에이커 (약 4,047㎡) 크기로 땅이 움푹 패어 있었다. 그 땅은 부드럽고 풍성한 풀, 6월의 꽃들, 산 제비꽃, 물망초 무리, 들국화와 히아신스로 덮여 있었고, 그 땅의 중심부에는 50피트 (약 15m)의 부드러운 진흙 웅덩이가 있었는데, 쏘어는 발바닥이 거친 바위 때문에 아플 때 자주 그곳에 갔다.

  쏘어의 동쪽, 서쪽과 북쪽으로는 6월 오후의 황금빛 햇살에 의해 부드럽게 보이는 캐나다의 로키 산맥 (Canadian Rockies)의 경이로운 전경이 펼쳐져 있었다. 골짜기 위와 아래에서, 산봉우리 사이의 틈에서, 그리고 이 판암과 바위가 갈라지며 생긴 틈 속에 형성되어 만년설이 시작되는 설선까지 뻗어 올라간 작은 도랑들에서, 부드럽고 단조로운 졸졸거리는 소리가 흘러나왔다. 그것은 흐르는 물소리였다. 구름 근처 위에서 영원히 존재하는 눈에서 쏟아져 흘러내리는 강, 개울과 작은 시내가 결코 멈추지 않았기에, 그 물소리는 항상 공기 속을 맴돌았다.

  공기 중에는 물 소리뿐만 아니라 달콤한 향기가 퍼져 있었다. 북부 산악 지대의 마지막 봄이자 초 여름인 6월과 7월이 뒤섞이고 있었다. 초록빛이 터질 듯이 땅을 가득 채우고 있었고, 이른 꽃들은 햇빛이 찬란한 산비탈을 빨간색, 흰색과 보라색으로 물들이고 있었고, 모든 생명체가 노래하고 있었다. 통통한 마멋들이 바위 위에서 휘파람을 불고 있었고, 뽐내는 작은 땅다람쥐들은 흙무더기 위에서 노래하고, 큰 호박벌들은 꽃에서 꽃으로 윙 윙 소리를 내며 날아다니고, 매는 골짜기에서, 독수리는 산봉우리 위에서 노래하고 있었다.

심지어는 쏘어도 나름대로 노래를 부르고 있었다. 몇 분 전, 그가 부드러운 진흙을 첨벙거리며 지나가던 순간, 그의 거대한 가슴속 깊은 곳에서 이상하게도 울림이 나왔기 때문이다. 그것은 그르렁거리거나 포효하거나 이빨을 드러내며 으르렁거리는 소리가 아니었다. 그것은 그가 만족할 때 내는 소리였다. 그것은 그의 노래였다.

그리고 이제 어떤 알 수 없는 이유로, 쏘어에게 이 멋진 날에 갑자기 변화가 찾아왔다. 그는 여전히 움직이지 않은 채로 바람 냄새를 맡았다. 그 냄새가 그를 당황하게 했다. 그것은 그를 경계시키지 않았지만, 그를 불안하게 했다. 공기에 떠도는 그 새롭고 낯선 냄새에, 그는 브랜디 한 방울이 처음 닿아 자극을 받은 아이의 혀만큼 극도로 예민해졌다. 그리고 나서 마침내 저음의 언짢은 듯한 으르렁 소리가 멀리서 울리는 천둥소리처럼 그의 가슴 깊은 곳에서 나왔다. 그는 이 영역의 지배자였고, 자신이 이해할 수 없거나 통제하지 못하는 냄새는 이곳에 있어서는 안 된다는 것을 그는 점차 알아차렸다.

쏘어는 천천히 몸을 곧추세웠다. 이윽고 9피트 (약 274cm)의 그가 엉덩이에 몸무게를 실었고, 진흙으로 무거워진 큰 앞발을 가슴 앞으로 늘어뜨린 채 훈련된 개처럼 앉았다. 10년 동안 그는 이 산속에서 살았지만, 그 냄새를 맡아본 적이 결코 없었다. 그는 그 냄새를 무시했다. 그는 냄새가 점점 더 심해지고 가까워지는 동안에 냄새를 기다렸다. 그는 숨지 않았다. 그는 두려워하지 않으며 뚜렷이 보이게 서 있었다.

쏘어는 체격이 괴물같이 컸고, 그의 6월에 새로 난 털은 햇빛에 비쳐 금빛 갈색으로 빛났다. 그의 앞다리는 거의 성인 남자의 몸만큼 컸다. 그의 다섯 개의 칼날 같은 발톱 중 가장 큰 세 개는 5.5 인치 (약 14cm)의 길이였다. 진흙 속에서 그의 발은 앞뒤 길이 15인치 (약 38cm)의 자국을 남겼다. 그는 살이 쪘고, 털에 윤기가 났고, 힘이 셌다. 히코리 (hickory) 호두만한 그의 양 눈은 8인치 (약 20cm)가 떨어져 있었다. 그의 두 개의 위쪽 이빨은 단검의 끝처럼 날카로웠고, 성인 남자의 엄지손가락만큼 길었으며, 그는 거대한 턱 사이에서 순록의 목을 부러뜨릴 수 있었다.

쏘어의 삶은 인간의 존재에서 자유로웠고 그는 악하지 않았다. 대부분의 그리즐리 곰들처럼, 그는 살생의 즐거움을 위해 죽이지 않았다. 그는 순록 무리 중에서 한 마리를 골라서, 마지막 뼈의 골수까지 먹곤 했다. 그는 평화로운 왕이었다. 그는 행동의 원칙을 가지고 있었다. "나를 홀로 내버려 둬!"라고 그는 말했고, 그 원칙을 지키려는 의지는 그가 쭈그리고 앉아 이상한 냄새를 맡는 태도에서 나타났다.

강력한 힘을 가지고 있고 홀로 있고 우위에 있는 큰 곰은 마치 산과 같았다. 하늘에서 골짜기에 대한 경쟁 상대가 없듯이 큰 곰은 골짜기 안에서 경쟁 상대가 없었다. 쏘어는 산과 함께 대를 이어왔다. 그는 산의 일부였다. 그리즐리 곰 종의 역사가 산에서 시작되었고 그의 종족은 산에서 죽어갔고, 산과 그리즐리 곰은 많은 면에서 비슷했다. 오늘까지 그는 자기 종족을 제외한 어떤 동물이 그의 힘과 권리에 의문을 제기한 때를 기억할 수 없었다.

쏘어는 그리즐리 곰 경쟁상대와 꽤 여러 번 죽음을 무릅쓰고 싸웠다. 자기 것이라고 주장한 영역에 대한 통치권에 문제가 제기되면, 그는 다시 싸울 준비가 되어 있었다. 그가 패배하기 전까지, 마음먹으면 그는 지배자, 심판자와 폭군이 될 수 있었다. 그는 비옥한 골짜기와 푸른 산비탈의 군주이자, 그 주변에 있는 모든 생명체의 주군이었다. 그는 계략이나 배신 없이 이러한 지위를 얻었고 공공연히 유지했다.

쏘어는 미움을 받았고 두려운 대상이었지만, 그 자신은 미움이나 두려움이 없었고, 정직했다. 그래서 그는 골짜기 아래에서 자신에게 다가오는 낯선 존재를 피하지 않고 기다렸다. 그가 예리한 갈색 코로 공기를 탐색하며 쭈그리고 앉았을 때, 그의 내면에서 어떤 것이 어두운 과거 시대에 대한 기억을 돌이켜보았다. 그는 그것이 무엇인지를 생각해낼 수 없었다. 그는 그것을 상상할 수 없었다. 그러나 그는 그 냄새가 위험이고 위협임을 알았다.

10분 동안 쏘어는 웅크리고 조각상처럼 앉았다. 그때 바람이 방향을 바꾸었고, 그 냄새는 점점 약해지다가, 마침내 완전히 사라졌다. 그는 평평한 귀를 살짝 세웠다. 그는 커다란 머리를 천천히 돌려 녹색 산비탈과 작고 평평한 들판을 바라보았다. 공기가 다시 맑고 달콤해졌기 때문에 그는 그 냄새를 쉽게 잊었다. 그는 네 발을 땅에 내디뎠고, 땅다람쥐 사냥을 다시 시작했다.

쏘어의 사냥에는 익살스러운 면이 있었다. 그는 체중이 천 파운드 (약 454kg)에 달했다. 반면에 산에 사는 땅다람쥐는 길이가 6인치 (약 15cm)이고 무게가 6온스 (약 170g)였다. 그럼에도 쏘어는 한 시간 동안 열심히 땅을 팠고, 통통한 작은 땅다람쥐를 알약같이 삼킨 뒤 기뻐했다. 땅다람쥐는 그에게 *별미*였다. 그는 달콤한 한 입 거리인 땅다람쥐를 찾느라 봄과 여름의 1/3을 땅을 파며 보냈다. 그는 마음에 드는 자리에 난 구멍을 발견했고, 쥐를 쫓는 큰 개처럼 흙을 파내기 시작했다. 그는 경사면의 정상에 있었다. 그 다음 30분 동안 그는 한두 번 머리를 들었지만, 바람을 타고 그에게 다가온 그 낯선 냄새 때문에 더 이상 방해받지는 않았다.

2장

가문비나무와 발삼 전나무가 드문드문하게 있는 골짜기 1마일(약 1.6km) 아래, 협곡 어귀에서 짐 랭던 (Jim Langdon)은 말을 멈추었다. 잠시 숨이 가쁜 채로 그는 앞을 바라본 후, 기쁨에 차서 숨을 헐떡이며 말의 안장 머리 주위에서 무릎을 편안히 구부리도록 오른쪽 다리를 넘겨 놓고 기다렸다.

여전히 나무에 가려져 있던 짐의 뒤쪽에서 200야드 (약 183m) 또는 300야드 (약 274m) 떨어진 지점에서 오토 (Otto)는 짐을 나르는 고집 센 암말인 디시팬 (Dishpan) 때문에 곤란을 겪고 있었다. 오토가 디시팬에게 즉각적인 할복부터 자비롭게 최후를 맞이하는 방법인 곤봉으로 맞아 정신을 잃는 것까지, 알려져 있는 온갖 고문과 벌을 언급하며 디시팬을 위협한 아토의 고함 소리를 짐이 들었을 때, 짐은 즐겁게 활짝 웃었다.

짐이 웃은 이유는 매끈하지만 아주 조심성이 없는 짐을 나르는 말들의 머리 위에, 언제든 곧 일어날 듯한 끔찍한 것들을 묘사하는 오토의 어휘가 짐에게는 주된 즐거움 중 하나였기 때문이었다. 만약 디시팬이 짐을 매듭지어 단단히 묶은 채 재주 넘기를 하기로 작정했다면, 몸집이 크고 온순한 브루스 오토 (Bruce Otto)는 끔찍하고 오싹한 항의를 하며 하늘을 울리게 하는 것 외에는 아무것도 하지 않을 것이라는 것을 짐은 알았다.

잇따라 그들 일행의 여섯 필의 말이 숲에서 나타났고, 맨 마지막 말에 산사람이 탔다. 그는 약간 풀린 용수철처럼 몸을 웅크리고 안장에 앉아 있었는데, 이는 산에서의 오랜 생활에서 비롯된 자세이기도 했고, 산악 조랑말에 걸터앉아 키 6피트 2인치 (약 188cm)의 몸집을 우아하게 분산시키기 어렵기 때문이기도 했다.

산사람이 나타나자 짐이 말에서 내리며, 골짜기 위쪽으로 시선을 다시 돌렸다. 짐의 얼굴에 짤막하게 난 금발 턱수염은 산속에서 몇 주간 햇빛에 노출되어 심하게 탄 것을 가리지 못했다. 그는 목까지 셔츠 단추를 풀어서 햇빛과 바람에 의해 거무스름하게 된 목을 드러냈다. 그의 예리하게 탐색하는 푸른 회색 눈은 지금 앞에 펼쳐진 지역을 사냥꾼이자 모험가로서의 기쁨과 집중력으로 탐색했다.

짐은 서른다섯 살이었다. 그는 삶의 일부를 야생 지역에서 보냈고, 나머지 시간은 그곳에서 발견한 것들에 대해 글을 쓰며 보냈다. 그의 동반자는 짐보다 다섯 살이 어렸지만, 키가 6인치 (약 15cm) 더 컸다. 키가 6인치 더 큰 것은 장점일 수 있지만, 브루스는 그렇게 생각하지 않았다. "가장 짜증 나는 것은 내가 아직 다 자라지 않았다는 거야!"라고 브루스는 자주 말했다.

브루스는 이제 말을 타고 뻐근한 몸을 풀었다. 짐은 앞을 가리켰다. "너는 저 지역을 능가하는 것을 여태껏 본 적이 있냐?" 짐이 물어보았다. "좋은 지역이지," 브루스가 대답했다. "야영하기에도 아주 좋은 장소야, 짐. 이 지역에는 순록과 곰이 있을 거야. 우리는 신선한 고기가 좀 필요해. 성냥 좀 줄래?"

가능할 때면 성냥 한 개비로 서로의 파이프에 불을 붙이는 것이 짐과 브루스의 습관이 되었다. 그들은 주위를 살펴보면서 지금 의식을 치르듯 불을 붙였다. 브루스가 불독 파이프에서 처음 진한 담배 연기를 내뿜자, 짐은 브루스와 함께 막 나온 숲 쪽을 향하여 고개를 끄덕였다.

"우리 텐트를 치기에 좋은 장소지."라고 짐이 말했다. "마른 장작, 흐르는 물, 그리고 우리 침대를 만드는 데에 쓰일 좋은 발삼 전나무를 일주일 동안 처음 발견했지. 우리가 1/4마일 (약 402m)을 지나온 저 작은 탁 트인 평원 안에서, 말이 도망가지 않도록 말의 다리를 묶을 수 있어. 나는 많은 양의 목초와 많은 야생 풀 큰조아재비를 보았지."

짐이 손목시계를 보았다. "겨우 세 시야. 우리는 계속 갈 수 있어. 그런데—너는 어떻게 생각해? 우리 하루나 이틀 여기 있으면서 이 지역이 어떤지 살펴볼까?" "좋아."라고 브루스가 말했다. 그는 말을 하면서 등을 바위에 기대고 앉았다. 그는 긴 놋쇠 망원경을 무릎 위에 펼쳐 놓았다. 짐은 파리 (Paris)에서 들여온 쌍안경을 안장에서 풀었다. 그 망원경은 미국 남북 전쟁의 유물이었다. 브루스와 짐은 서로 어깨를 맞대고 바위에 기대어 자리를 잡으며, 그들 앞의 완만한 산비탈과 푸른 산의 자락을 자세히 살펴보았다.

짐이 미지의 지역 (the Unknown)이라고 부르는 거대한 사냥 지역 (Big Game country)에 짐과 브루스가 있었다. 지금까지 짐과 브루스가 알아낸 바로는, 다른 어떤 백인도 여태껏 그들을 앞서 지나간 적이 없었다. 그곳은 거대한 산맥에 둘러싸인 지역으로, 그들이 산맥을 지나며 100마일 (약 161km)을 땀을 흘리며 힘들게 나아가는 데에 20일이 걸렸다.

그날 오후 짐과 브루스는 북쪽과 남쪽 하늘을 갈라놓은 로키산맥 분수계 (Great Divide)의 정상을 횡단하였다. 그리고 망원경과 쌍안경으로 그들은 파이어팬 산맥 (Firepan Mountains)의 첫 녹색 산비탈과 경이로운 봉우리들을 이제 보고 있었다. 그들은 북쪽으로 여행하고 있었는데, 북쪽에는 스키나강 (Skeena River)이 있었고, 서쪽과 남쪽에는 배빈 산맥 (Babine range)과 수로가 있었다. 로키산맥 분수계 너머 동쪽에는 드리프트우드 (Driftwood)가 있었고, 훨씬 더 먼 동쪽에 오미니카산맥 (Ominica range)과 핀리강 (Finlay)의 지류들이 있었다. 그들은 5월 10일에 문명이 발달한 지역에서 출발했고, 오늘은 6월 30일이었다.

  짐은 쌍안경을 보면서 마침내 자신과 브루스가 바라는 목적지에 도달했다고 믿었다. 거의 두 달 동안 그들은 사람들의 발길이 닿지 않는 곳에 도달하려고 노력했고 성공했다. 이곳에는 사냥꾼도, 탐사자도 없었다. 그들 앞에 있는 골짜기는 황금빛 전망으로 가득 차 있었고, 짐이 그 골짜기의 신비와 경이로움을 처음 발견했을 때 그의 가슴은 오직 짐 같은 사람들 만이 온전히 느낄 수 있는 깊고 만족스러운 기쁨으로 가득 차 있었다. 짐의 친구이자 동지인 브루스와 함께 그는 북쪽 지역에 다섯 번 갔다. 브루스에게 모든 산과 골짜기는 매우 많이 비슷해 보였다. 그는 산과 골짜기가 둘러싸인 곳에서 태어나 평생 살아왔고, 아마 그곳에서 생을 마감할 것이다.

  짐을 팔꿈치로 갑자기 살짝 찌른 남자는 바로 브루스였다. 브루스가 망원경에 눈을 대며 "난 골짜기 위 약 1.5 마일 (약 2.4km) 지점의 움푹 팬 곳을 건너는 세 마리의 순록 머리가 보여,"라고 말했다. "그리고 난 이제 오른쪽에 있는 저 첫 번째 산의 검은색 이판암 위에 있는 어미 순록과 새끼가 보여,"라고 짐이 응수했다. "그리고, 세상에, 이판암 위 1000피트 (약 305m)에 있는 험준한 바위 절벽 위에서 어미 순록을 내려다보는 목사가 있어. 그 목사는 1푸트 (약 30cm) 길이의 턱수염이 있네, 틀림없이 우리는 진짜 에덴의 동산 (Garden of Eden)에 왔어!"

  "그렇게 보이네," 망원경을 더 잘 받치기 위해 브루스가 긴 다리를 꼬며 말했다. "만약 이곳이 양과 곰이 사는 지역이 아니라면, 난 내 평생 최악의 추측을 한 것이지." 브루스와 짐은 한마디의 말도 없이 5분간 쳐다보았다. 그들 뒤에서 그들의 말들이 무성하고 풍부한 풀밭 속에서 게걸스럽게 풀을 뜯어먹고 있었다. 산속의 많은 물소리가 그들의 귓가에 단조롭게 들려왔고, 골짜기는 햇빛이 비치는 바다 속에서 자고 있는 것 같았다. 짐은 그 모습에 견줄 만한 것으로 잠 말고는 떠오르지 않았다. 골짜기는 큰 편안하고 행복한 고양이와 같았고, 그들이 들은 소리는 모두 합쳐져 기분 좋은 단조로운 소리를 냈는데, 졸린 고양이가 가르랑거리는 소리와 같았다.

브루스가 다시 말했을 때, 짐은 우뚝 솟은 험한 바위 위에서 조심스럽게 서있는 염소에 쌍안경의 초점을 조금 더 세밀하게 맞추고 있었다. "집만큼 큰 그리즐리 곰 한 마리가 보여!" 브루스가 조용히 말했다. 브루스는 짐 나르는 말을 제외한 어떤 대상이 평정심을 해치는 것을 좀처럼 허용하지 않았다. 브루스는 항상 이와 같은 신나는 소식을 마치 제비꽃 한 다발에 대해 말하는 것처럼 태연하게 전했다.

짐은 몸을 휙 일으켜 앉았다. "어디?" 짐이 단호하게 물어보았다. 짐은 브루스의 망원경을 보려고 몸을 숙였고, 몸의 모든 신경이 갑자기 떨리고 있었다. "두 번째 산 어깨 위의 비탈을 봐, 저쪽에 있는 골짜기 바로 너머 보여?" 브루스가 한쪽 눈을 감고 다른 한쪽 눈은 여전히 망원경에 댄 채 말했다. "그리즐리 곰이 산 중턱에서 땅다람쥐를 파내고 있어." 짐은 산비탈에 망원경의 초점을 맞췄고, 잠시 후 흥분해서 숨을 헐떡거렸다. "그리즐리 곰 보여?" 브루스가 물었다. "망원경으로 보니 그가 내 코앞 4피트 (약 122cm) 거리까지 다가온 것처럼 보였어." 짐이 대답했다. "브루스, 저 곰은 로키산맥에서 가장 큰 그리즐리 곰이야."

"만약에 저 곰이 예전 그 곰이 아니라면, 저 곰은 예전 그 곰의 쌍둥이야," 근육을 조금도 움직이지 않은 채, 짐을 운반하던 브루스가 낄낄거리며 웃었다. "그 곰은 네가 본 8피트 (약 244cm)의 곰보다 12인치 (약 30cm) 더 크다고, 짐! 그리고 —그는 이 중요한 순간에 말을 멈추고, 망원경에서 눈을 떼지 않은 채, 호주머니에서 검은 맥도날드 (MacDonald) 담배 한 개비를 꺼내 한 입 베어 물었다—"그리고 바람이 우리 쪽으로 불고 곰은 벼룩처럼 분주히 돌아다니지!"라고 그가 말을 끝냈다.

브루스는 긴장을 풀고 자리에서 일어섰고, 짐은 벌떡 일어섰다. 이런 상황에서는 그들 사이에 말이 필요 없는 상호 이해가 있었다. 그들은 숲의 가장자리로 여덟 마리의 말을 다시 이끌고, 그곳에 묶었고, 가죽 케이스에서 소총을 꺼내, 각자 총에 여섯 번째 탄약을 조심스럽게 장전했다. 그 후 약 2분 동안 두 사람은 육안으로 산비탈과 산비탈로 가는 길을 살펴보았다.

"우리는 산골짜기를 올라갈 수 있어," 짐이 제안했다.

브루스가 고개를 끄덕였다. "내 생각에는 그 곳으로부터 300야드 (약 274m) 떨어진 곳에서 총을 쏘는 거야," 브루스가 말했다. "그것이 우리가 할 수 있는 최선이야. 만일 우리가 곰 아래로 가면 곰은 우리 냄새를 맡을 거야. 두 시간 더 일찍 갔으면—"

"우리가 산을 올라가 *위*에서 곰에게 내려갈 거야!"라고 짐이 웃으며 말했다. "브루스, 너는 등산에 관해서는 지구상에서 가장 어리석은 바보야! 너는 전혀 애쓰지 않고 골짜기에서 염소를 잡을 수 있어도 하디스티 (Hardesty)산이나 게이키 (Geikie)산을 올라가서 위에서 염소를 쏘려고 하잖아. 아침이 아니라 다행이네. 우리는 골짜기에서 그 곰을 잡을 수 있어!"

"아마," 브루스가 말했고, 그들은 출발했다.

브루스와 짐은 그들 앞에서 꽃으로 덮인 녹색 초원을 숨지 않고 걸어갔다. 그들이 적어도 0.5마일 (약 0.8km) 이내로 그리즐리 곰에게 접근하기 전까지는, 곰이 그들을 발견할 위험은 없었다. 바람이 방향을 바꾸어, 그들의 얼굴을 향해 불었다. 그들은 빨리 걷다가 가볍게 달리기 시작했고, 산비탈 쪽으로 더 가까이 갔다. 그 결과 그들과 곰 사이에 위치한 거대한 둥근 언덕이 그리즐리 곰을 15분 동안 가렸다. 그리고 10분 후, 그들은 계곡에 도착했다. 그 계곡은 수세기 동안 봄마다 산봉우리에서 눈이 녹아 흘러내린 물이 쏟아지며 산허리에 침식되어 형성된, 좁고 바위가 흩어진 가파른 협곡이었다. 여기에서 그들은 조심스럽게 주변을 살폈다.

그 큰 그리즐리 곰은 아마 산비탈을 따라 위쪽으로 600야드 (약 549m) 올라간 지점에 있었고, 협곡이 닿아 있는 가장 가까운 지점으로부터 거의 300야드 (약 274m) 떨어진 곳에 있었다. 브루스가 이제 속삭이며 말했다. "너는 올라가서 몰래 다가가, 짐," 브루스가 말했다. "네가 그 곰을 놓치거나 상처만 입힌다면 그 곰은 두 가지 일 중 하나를 할 거야—어쩌면 세 가지 일 중 하나일 수도 있지: 곰은 *너*를 살펴보거나, 능선이 낮아진 곳을 넘어가거나, 아니면 이쪽 계곡으로 내려올 거야. 우리는 곰이 능선이 낮아진 곳을 넘어가는 것을 막을 수 없어, 그리고 만약에 곰이 너에게 덤벼들면—그냥 재빨리 협곡 아래로 굴러 내려가. 너는 곰보다 빠를 거야. 네가 곰을 놓치면, 곰이 이쪽으로 올 가능성이 가장 크니까, 내가 여기에서 기다릴게. 행운을 빌어, 짐!" 이 말을 하고 나서, 그는 나아가서 바위 뒤에 몸을 웅크렸다. 거기서 그는 그리즐리 곰을 계속 지켜볼 수 있었고, 짐은 바위가 흩어진 협곡을 따라 조용히 올라가기 시작했다.

3장

이 조용한 골짜기의 모든 살아있는 생물들 중에서, 쏘어가 가장 분주했다. 쏘어는 말하자면 개성 있는 곰이었다. 몇몇 사람들처럼, 그는 매우 일찍 잠자리에 들었고, 10월에 졸리기 시작해서, 11월에는 긴 겨울잠을 잤다. 그는 4월까지 잤고, 보통 다른 곰들보다 일주일이나 열흘 늦게 깨어났다. 그는 잠을 푹 잤고, 잠에서 깨면 완전히 깨어 있었다. 4월과 5월 동안에 그는 햇살로 데워진 바위 위에서 한참 졸았지만, 6월 초반부터 9월 중순까지 열두 시간 중 약 네 시간만 깊이 잠을 잤다.

짐이 협곡 위를 조심스럽게 오르기 시작했을 때 쏘어는 매우 바빴다. 쏘어는 배가 불룩한 시의원 같은 나이 든 수컷 땅다람쥐를 잡는 데 성공했고, 그것을 한 번 깨물어 삼켰다. 쏘어는 발로 뒤집은 돌 아래에서 잡은 가끔 발견되는 살찐 흰 땅벌레와 신맛이 도는 개미 몇 마리로 하루의 식사를 마치는 데 이제 열중하고 있었다.

이 맛있는 먹이를 찾는 과정에서, 쏘어는 바위를 뒤집는 데 오른쪽 앞발을 사용했다. 100마리의 곰 중 99마리, 아마 200마리의 곰 중 199마리는 왼발잡이인데, 쏘어는 오른발잡이였다. 이는 그가 싸우고, 낚시하고, 사냥감에 몰래 다가가는 데에 유리한 조건이었다. 그리즐리 곰의 오른쪽 앞다리가 왼쪽 앞다리보다 더 길기 때문이다. 오른쪽 앞다리가 훨씬 더 길어서, 만약 그가 방향 감각을 잃으면, 그는 계속해서 원을 그리며 이동하게 될 것이다.

먹이를 찾아 나서며 쏘어는 협곡으로 향했다. 그는 거대한 머리를 땅 가까이 숙였다. 가까운 거리에서는 그의 시력은 현미경처럼 예리했고, 후각 신경도 매우 예민하여, 그는 눈을 감고도 큰 바위 개미들을 찾아낼 수 있었다. 그는 주로 평평한 바위를 고르곤 했다. 긴 발톱이 달린 그의 거대한 오른발은 마치 인간의 손처럼 능숙했다. 그는 돌을 들어 올려, 한두 번 냄새를 맡고, 따뜻하고 납작한 혀로 한 번 핥은 뒤, 천천히 다음 바위로 향했다.

코끼리가 건초 더미 속에 숨겨진 땅콩을 찾는 것과 마찬가지로, 쏘어는 이 일에 매우 진지하게 임했다. 그는 이 과정에서 재미를 찾지 못했다. 사실, 자연은 이 과정에 어떤 익살스러움이 깃들도록 의도하지 않았다. 쏘어에게 시간은 대개 귀중하지 않았다. 여름 동안에 그는 수십만 마리의 신맛 나는 개미, 달콤한 땅벌레, 즙이 많은 각종 곤충뿐만 아니라, 많은 땅다람쥐와 훨씬 작은 새앙토끼까지 섭취했다.

이 작은 생물들은 모두 쏘어의 거대한 군살을 늘렸다. 그는 긴 겨울잠 동안 계속 살아남기 위해 이 지방을 '분해해 에너지원으로 사용'해야 했으므로, 지방을 축적하는 것이 필수적이었다. 이 때문에 자연은 곰의 작은 녹갈색 눈을 단거리에서는 현미경처럼 정확하게 볼 수 있도록 만들었지만, 1000야드 (약 914m)에서는 거의 쓸모없게 했다.

쏘어가 새 바위를 뒤집으려던 순간, 그는 동작을 멈췄다. 무려 1분 동안 그는 거의 움직이지 않고 서 있었다. 그리고 나서 그는 천천히 고개를 돌려, 코를 땅 가까이에 댔다. 그는 매우 희미하지만 대단히 기분 좋은 냄새를 맡았다. 그 냄새가 너무 희미해서 그는 움직이면 놓칠까 봐 걱정했다. 그래서 그는 확신이 들 때까지 서 있다가, 거대한 어깨를 돌려 몸을 틀었다. 그는 머리를 좌우로 천천히 흔들며 냄새를 맡으면서 산비탈을 따라 2야드 (약 1.83m)를 내려갔다.

그 냄새는 점점 진해졌다. 산비탈을 따라 다시 2야드 (약 1.83m)를 더 내려가자, 쏘어는 바위 아래에서 냄새가 매우 진해진 것을 알았다. 그것은 크고 묵직한 바위였으며, 무게가 아마 200파운드 (약 91kg)에 달하는 것 같았다. 그러나 그는 바위를 조약돌처럼 가볍게 여기며, 오른쪽 앞발 하나로 바위를 옆으로 치웠다. 곧 거칠고 항의하는 듯한 재잘거림이 있었고, 그가 순록의 목을 부러뜨릴 만큼 왼쪽 앞발을 세게 내려치는 순간, 작고 줄무늬가 있고 다람쥐와 매우 닮은 새앙토끼가 휙 달아났다.

쏘어를 끌어당긴 것은 새앙토끼의 냄새가 아니라, 그 새앙토끼가 돌 밑에 저장해 놓은 먹이의 향이었다. 그리고 이 노획물은 여전히 그 자리에 남아 있었다. 이끼로 부드럽게 덮인 작은 구멍 속에 조심스럽게 쌓인, 0.5파인트 (작은 고구마 1~2개 정도의 양) 분량의 땅속 덩이 뿌리들이었다. 그것들은 실제 땅콩은 아니었다. 체리 크기의 작은 감자 같았고, 겉모습도 감자와 매우 많이 비슷했다. 그것들은 녹말이 풍부하고 달콤하며, 살찌게 할 만큼 영양가도 높았다. 쏘어는 그것들을 아주 맛있게 먹었다. 그는 먹으면서 가슴 깊은 곳에서 신기하고도 만족스러운 듯한 으르렁거리는 소리를 냈다. 그리고 나서 그는 여정을 다시 이어갔다.

짐이 거친 골짜기를 따라 점점 더 가까이 다가왔을 때, 쏘어는 그 소리를 듣지 못했다. 불운하게도 바람이 불리한 방향으로 불었기 때문에, 그는 짐의 냄새도 맡지 못했다. 한 시간 전, 자신을 불안하고 짜증 나게 했던 불쾌한 인간의 냄새는 이미 잊었다. 그는 상당히 행복했다. 그는 기분이 좋았고, 살이 올라 윤기가 흘렀다. 예민하고 심술궂으며 사소한 일에도 싸움을 거는 곰은 항상 말랐다. 진정한 사냥꾼은 그런 곰을 한눈에 알아본다. 마른 곰은 마치 무리를 떠난 코끼리 같았다.

쏘어는 먹이를 찾아 계속 나아가며, 골짜기에 훨씬 더 가까워졌다. 어떤 소리로 인해 그가 갑자기 경계 태세를 취했을 때, 그는 골짜기에서 150야드 (약 137m) 이내에 있었다. 총을 쏘기 위해 골짜기의 가파른 경사면을 기어오르려 애쓰던 짐이 실수로 돌을 건드렸다. 그 돌은 굉음을 내며 협곡 아래로 떨어지면서, 뒤이어 다른 돌들도 시끄러운 덜커덕 소리를 내며 굴러 떨어지게 했다. 600야드 (약 549m) 아래 협곡 바닥에서, 브루스가 작은 목소리로 욕을 했다. 그는 몸을 일으켜 앉은 쏘어를 바라보았다. 그 거리에서 만약 그 곰이 빠져나가려 한다면, 브루스는 총을 쏠 작정이었다.

30초 동안 쏘어는 뒷다리를 굽히고 앉아 있었다. 그리고 나서 그는 천천히 유유히 걸으며, 골짜기를 향해 나아갔다. 짐은 숨을 헐떡이며 속으로 불운을 욕하면서, 산비탈 가장자리까지 마지막 10피트 (약 3m)을 오르려고 애썼다. 그는 브루스가 고함치는 소리를 들었지만, 그 경고를 알아듣지 못했다. 그는 마지막 3~4야드 (약 3~4m)를 가능한 한 빨리 오르기 위해 분투하며, 손으로 이판암과 바위를 맹렬히 붙잡고 발로 디디며 나아갔다.

정상에 거의 도착했을 때, 짐은 잠시 멈춰 위를 올려다보았다. 그의 심장이 내려앉은 것 같았고, 그는 놀랐다. 10초 동안 그는 움직일 수 없었다. 짐이 올려다본 곳에 괴물 같은 머리와 거대한 어깨가 있었다. 쏘어는 입을 벌린 채 짐을 내려다보며, 손가락만 한 길이의 이빨을 드러내고 으르렁거렸다. 그의 눈은 녹색을 띤 붉은빛으로 이글거리고 있었다.

그 순간 쏘어는 처음으로 인간을 보았다. 그의 큰 폐는 인간의 뜨거운 냄새로 가득 찼고, 갑자기 그 냄새를 전염병처럼 피하며 돌아섰다. 몸 아래 반쯤 놓인 소총 때문에, 짐은 총을 쏠 기회를 놓쳤다. 짐은 남은 몇 피트를 미친 듯이 기어올랐다. 이판암과 돌들이 그 밑에서 계속 미끄러져 떨어졌다. 그가 정상에 오르기까지 약 60초가 걸렸다.

쏘어는 짐으로부터 100야드 (약 91m) 떨어진 곳에서, 도망칠 길을 향해 공이 구르듯이 빠르게 질주하고 있었다. 협곡 기슭에서 브루스의 소총이 날카로운 총성을 울렸다. 짐은 왼쪽 무릎을 세워 총을 지지하며 재빨리 웅크렸고, 150야드 (약 137m) 거리에서 사격을 시작했다. 가끔씩 한 시간—아니, 1분—이 인간의 운명을 바꾸는 일이 일어난다. 그리고 협곡의 기슭에서 첫 발사가 일어난 후 빠르게 지나간 10초가 쏘어를 바꿨다. 그는 인간 냄새를 충분히 맡은 적이 있었다. 그는 인간을 본 적이 있었다. 그리고 지금 그는 인간을 *느꼈다*.

그것은 마치 쏘어가 자주 보았던 어두운 하늘을 가르는 번개 섬광 중 하나가 그에게 내려와, 시뻘겋게 달궈진 칼처럼 그의 살에 박힌 것과 같았다. 그리고 최초의 화끈거리는 극심한 고통과 함께 소총의 낯선, 울려 퍼지는 총성이 들려왔다. 그는 산비탈을 오르던 중 앞 어깨에 총알을 맞았고, 총알의 납으로 된 치명적인 끝부분이 그의 질긴 가죽을 뚫고 퍼지며, 살을 찢어 구멍을 냈지만, 뼈에는 닿지 않았다. 그는 총알을 맞았을 때, 계곡에서 200야드 (약 183m) 떨어진 곳에 있었다.

이윽고 총알을 피해 도망친 쏘어는 계곡에서 약 300야드 (약 274m) 정도 떨어진 거리에 있었다. 그때, 이번에는 옆구리에 총알이 박히며, 그는 불에 덴 듯한 고통을 다시 느꼈다. 어떤 총알도 그의 거대한 체구를 비틀거리게 하지 못했다. 스무 발을 쏜다 해도 그를 죽일 수는 없었을 것이다. 그러나 두 번째 총알은 그를 멈춰 세웠다. 그리고 그는 성난 황소의 울부짖음처럼 분노에 찬 포효를 터뜨리며 몸을 돌렸다. 그 포효는 천둥 같은 분노의 외침이었고, 그 소리는 계곡 아래 1/4마일 (약 402m)이나 떨어진 곳에서도 들릴 정도였다.

브루스는 700야드 (약 640미터) 거리에서 여섯 번째 헛된 총알을 발사하는 순간, 쏘어의 포효를 들었다. 짐은 총을 재장전 하고 있었다. 15초 동안 쏘어는 자신을 드러낸 채, 포효로 저항을 나타내며, 더 이상 보이지 않는 적에게 도전장을 내밀었다. 그리고 나서 짐이 총을 일곱 번째 발사했을 때, 불꽃이 채찍처럼 쏘어의 등을 스치고 지나갔다.

쏘어는 자신이 싸울 수 없는 이 번개 같은 총격에 알 수 없는 두려움을 느끼며, 탈출로를 넘어 계속 올라갔다. 그는 여러 차례의 다른 소총 발사 소리를 들었는데, 그것들은 마치 새로운 종류의 천둥 같았다. 그러나 그는 다시 총에 맞지 않았다. 그는 고통스러워하며 다음 골짜기를 향해 내려가기 시작했다.

쏘어는 자신이 다쳤다는 사실은 알았지만, 그 상처를 이해할 수는 없었다. 내려가는 도중 한 번 잠시 멈췄을 때, 그의 앞다리 아래로 피가 뚝뚝 떨어지며, 땅 위에 작은 피 웅덩이를 만들었다. 그는 수상쩍고도 의아한 기색으로 그것을 냄새 맡았다. 그는 동쪽으로 방향을 바꾸었고, 잠시 후 그는 공기에 퍼진 불쾌한 인간 냄새를 다시 맡았다. 바람이 그 냄새를 지금 그에게 실어오고 있었고, 그는 눕고 싶고 상처를 핥으며 회복하고 싶지만 발걸음을 조금 더 재촉했다. 그가 결코 잊지 못할 한 가지를 배웠기 때문이었다—인간 냄새가 나면, 상처도 함께 온다는 사실을.

쏘어는 산기슭에 도착했고, 무성한 숲 속에 몸을 숨겼다. 그리고 나서 그는 이 숲을 지나, 개울에 이르렀다. 그는 이 개울을 아마 백 번은 오르내렸을 것이다. 그곳은 그의 영역의 한쪽 끝에서 다른 쪽 끝으로 이어지는 주된 길이었다. 그는 다치거나 아플 때, 혹은 겨울잠을 자러 굴에 살 준비가 되었을 때, 본능적으로 늘 이 길을 택했다. 이것에는 한 가지 주된 이유가 있었다.

쏘어는 그 개울이 시작되는 곳에 있는 거의 침입이 불가능한 요새 같은 깊은 숲속에서 태어났고, 야생 건포도와 무환자열매가 얽힌 덤불, 그리고 진홍빛 키니키닉 잎이 융단처럼 깔린 그곳에서 어린 시절을 보냈다. 그곳은 집이었다. 그곳에서 그는 혼자였다. 그곳은 다른 어떤 곰도 침범하지 못하게 지켜온, 그의 영역의 일부였다. 그는 자신의 영역 중에서도 더 넓고 햇살이 잘 드는 산비탈에, 다른 곰들—검은 곰과 그리즐리 곰—이 있는 것을 허용했다. 단, 그가 다가오면 그들이 물러나는 것을 조건으로. 그들이 그의 지배권에 도전하지 않는 한, 그들은 그곳에서 먹이를 찾고, 햇볕 속에서 낮잠을 자고, 조용하고 평화롭게 살 수 있었다.

쏘어는 자신이 우두머리 곰 (High Mogul)임을 다시 증명해야 할 때를 제외하고는, 다른 곰들을 자신의 영역에서 몰아내지 않았다. 이런 일은 때때로 일어났고, 싸움이 벌어졌다. 항상 싸움이 끝나면, 그는 이 골짜기로 와서 상처를 치료하기 위해 개울을 따라 상류로 올라갔다. 그는 오늘 평소보다 더 천천히 나아갔다. 그의 앞쪽 어깨에 심한 통증이 있었다. 가끔은 고통이 너무 심해 그는 앞다리가 접히고 비틀거렸다. 몇 번 그는 어깨까지 잠기는 웅덩이에 걸어 들어가서, 차가운 물이 상처 위로 흐르게 내버려두었다. 점차 상처에서 피가 멎었지만, 통증은 더 심해졌다.

그러한 위급 상황에서 쏘어에게 가장 든든한 친구는 진흙 웅덩이였다. 이것이 그가 아프거나 다쳤을 때, 항상 이 길을 택했던 두 번째 이유였다. 그 길은 진흙 웅덩이로 이어졌고, 그 진창은 그에게 의사 같은 존재였다. 그가 진창에 도착하기 전에 태양이 지고 있었다. 그의 입이 조금 열린 채 처져 있었다. 그의 거대한 머리가 입보다 더 처져 있었다. 그는 많은 피를 흘렸다. 그는 피곤했고, 어깨가 너무 심하게 아파서 낯선 불이 어깨를 태우고 있었을 때, 자신의 이빨로 어깨를 찢어내고 싶었다.

진창은 지름이 20피트 (약 6m) 또는 30피트 (약 9m)였고, 중앙에 조금 얕은 웅덩이가 움푹 들어가 있었다. 그것은 부드럽고 차가운 금빛의 진흙이었고, 쏘어는 진흙 속으로 걸어가 겨드랑이까지 잠겼다. 그리고 나서 그는 상처 입은 측면을 진흙에 대고 천천히 굴렀다. 그 진흙은 진정시키는 연고처럼 그의 상처에 작용했다. 진흙은 베인 상처를 막았고, 그는 안도의 큰 한숨을 내쉬었다. 오랫동안 그는 부드러운 진흙 바닥에 누워 있었다. 태양이 졌고 어둠이 왔고, 경이로운 별들이 하늘을 가득 채웠다. 그리고 여전히 그는 그곳에 누워서, 인간으로 인해 생긴 첫 상처를 치료했다.

4장

 발삼 전나무와 가문비나무가 우거진 숲의 변두리에서, 짐과 브루스는 저녁 식사 후 파이프 담배를 피우며 앉아 있었다. 그들의 발치에는 모닥불의 잔불이 은은하게 타오르고 있었다. 산의 이러한 높은 고도에서는 밤공기가 쌀쌀해졌고, 브루스는 숯불 위에 새로운 마른 가문비나무 장작 한 아름을 던지기 위해 잠깐 일어섰다. 그런 다음 그는 긴 몸을 다시 뻗었고, 머리와 어깨를 나무 밑동에 편안히 기대고 있었다. 그리고는 또다시 그는 피식 웃었다.
 "웃다가 망해라," 짐이 화난 목소리로 말했다. "내가 그 곰을 두 번 맞췄다니까, 브루스. 어쨌든 두 발은 명중했어. 그때 나는 매우 불리한 처지에 있었다고!"
 "특히 그 곰이 네 얼굴을 내려다보며 웃고 있었을 때 말이지," 동료의 불운을 아주 즐기고 있던 브루스가 되받아쳤다. "짐, 그 거리에서 너는 곰을 돌로라도 거의 잡았어야지!"
 "내 총이 내 밑에 있었어," 짐이 또다시 해명했다.
 "네가 그리즐리 곰을 사냥하고 있을 때 총이 있어야 할 자리가 네 밑은 아니지," 브루스가 일깨워 주었다.

"그 골짜기는 엄청 가팔랐어. 난 경사면에 손가락과 발을 박으며 기어올라야 했지. 조금만 더 가팔랐으면 나는 이빨까지 써야 했을 거야." 짐은 몸을 일으켜 앉더니, 파이프를 두드려 담뱃재를 털어내고, 파이프에 새 담배를 다시 채워 넣었다. "브루스, 그 곰은 로키산맥에서 가장 큰 그리즐리 곰이야!"

"그 곰은 네 방 속 멋진 곰 가죽 깔개가 되었을 거야, 짐. 네 총이 네 아래 있지 않았더라면."

"그 곰을 내 방에 깔아 둬야 이번 사냥은 끝날 거야." 짐이 단언했다. "나는 결심했어. 우린 여기에 오래 머물 캠프를 만들 거야. 여름 내내 걸리더라도, 나는 그 그리즐리 곰을 잡을 거야. 나는 파이어팬 산맥 (Firepan Range)의 어떤 다른 열 마리 곰보다 오히려 그 곰을 잡고 싶어. 그 곰은 크기가 최소 9피트 (약 274cm)는 됐어. 곰의 머리는 곡식 바구니만큼 컸고, 어깨 털은 무려 4인치 (약 10cm)나 됐어. 그 곰을 놓친 게 아쉽긴 한데, 꼭 그렇지만은 않아. 녀석은 총에 맞았고, 분명히 싸울 거야. 생각해봐. 녀석을 잡는 것은 많이 재미있을 거야."

"그럴 수도 있겠지," 브루스가 동의했다. "특히 그 곰이 박힌 총알 때문에 여전히 아플 때, 다음 주쯤 네가 다시 그 곰을 만나게 된다면 말이야. 그때는 총을 네 밑에 두지 마, 짐!"

"이곳을 상설 캠프로 만드는 건 어때?"

"이보다 더 좋을 순 없어. 신선한 고기도 많고, 목초지도 좋고, 물도 깨끗하지." 잠시 후 브루스가 덧붙여 말했다. "그 곰은 꽤 세게 맞았어. 곰은 정상에서 피도 심하게 흘리고 있었어."

모닥불 빛 아래서 짐은 소총을 닦기 시작했다. "네 생각에 곰이 영역을 떠난 것 같아?"

브루스가 언짢아 투덜거렸다. "영역을 떠났다고? *도망갔다고?* 그 곰이 흑곰이면 아마 그랬겠지. 그러나 그 곰은 그리즐리 곰이고, 이 영역의 우두머리야. 그 곰은 당분간 이 계곡을 피할지도 모르지만, 절대 안 떠나. 그 그리즐리 곰은 네가 총을 쏘면 쏠수록, 더 화를 낼 거야. 그리고 네가 계속 그 곰에게 총을 쏘면, 곰은 쓰러져 죽기 전까지, 계속 더 화가 날 거야. 네가 그 곰을 꼭 잡고 싶다면, 우리는 그 곰을 분명히 잡을 수 있어."

"나는 정말 잡고 싶어," 짐이 힘주어 거듭 말했다. "그 곰은 엄청 클 거야, 내가 틀린 게 아니라면 말이지. 나는 그 곰을 잡고 싶어, 정말 간절해, 브루스. 우리가 아침에 곰을 추적할 수 있을 거 같아?"

브루스는 고개를 저었다. "그것은 조용히 발자국을 따라가는 게 아니야," 브루스가 말했다. "그것은 *사냥* 그 자체야. 그리즐리 곰은 총을 맞은 후에도, 계속 움직이고 있어. 곰은 자기 영역을 벗어나진 않겠지만, 저 위처럼 탁 트인 경사면에는 절대 모습을 드러내지 않을 거야. 사흘이나 나흘 안에 미투즌(Metoosin)이 개들을 데리고 올 거고, 우리가 에어데일(Airedales) 사냥개 무리를 투입하면, 재미있는 일이 생길 거야."

짐은 모닥불 가에서 빛나는 소총의 조준 장치를 조정했고, 회의적으로 말했다. "나는 지난주부터 미투즌을 의심하고 있었어. 우리는 엄청 힘한 지역들을 지나 왔잖아."

"우리가 바위 위로만 다닌다 해도, 저 나이 든 인디언은 우리 자취를 쫓아올 수 있어." 브루스가 자신 있게 단언했다. "개들이 어리석은 머리로 너무 많은 호저를 들이받지만 않는다면, 미투즌은 사흘 안에 여기에 도착할 거야. 그리고 그들이 오면"—그는 일어나서 여윈 몸을 쭉 폈다—"우리는 인생에서 가장 신나는 시간을 보내게 될 거야. 내 생각엔 이 산들이 곰으로 매우 가득 차서, 그 열 마리의 개들은 일주일 안에 몰살당할 거야. 내기할래?"

짐은 딸깍 소리를 내며 소총을 닫았다. "난 오직 한 마리의 곰만 원해,"

짐이 내기를 무시하며 말했다. "그리고 우리가 내일 그 곰을 잡을 수 있을 것 같아. 브루스, 네가 우리 일행 중 곰 전문가지만, 내 생각엔 그 곰은 너무 심하게 총에 맞아서 멀리 가진 못했을 거야."

짐과 브루스는 모닥불 근처에서 부드러운 발삼 전나무 가지로 침상 두 개를 만들었다. 그리고 짐도 이제 친구를 따라, 담요를 펼치기 시작했다. 힘든 하루였기에, 그는 몸을 뻗고 누운 지 5분도 안 되어 잠이 들었다. 브루스가 새벽에 담요에서 일어났을 때, 짐은 여전히 자고 있었다. 젊은 짐꾼 브루스는 짐을 깨우지 않은 채, 부츠를 신고 이슬이 많이 맺힌 풀밭을 헤치며, 1/4마일 (약 402m)을 되돌아가서, 말들을 몰아왔다. 브루스가 돌아왔을 때, 그는 디시팬과 안장을 얹은 말들을 데리고 있었다. 그 무렵 짐도 잠에서 깨어, 불을 피우기 시작했다.

짐은 이런 아침들이 자신을 죽음에서 구해냈고, 의사들의 예상을 깨뜨리게 했다는 사실을 자주 되새겼다. 정확히 8년 전 그 해 6월, 그는 폐가 아프고 가슴은 야윈 채, 처음으로 북부 지역에 들어섰다. "젊은이, 당신이 고집한다면 가도 좋네, 하지만 그곳은 당신의 장례식장이 될 것이오."라고 의사 중 한 사람이 그에게 말했다. 그런데 지금 그의 가슴둘레는 5인치 (약 13cm)나 늘어났고, 몸은 매듭처럼 단단해졌다.

태양의 첫 장밋빛이 산꼭대기 너머로 서서히 번져가고, 공기는 꽃, 이슬과 자라나는 것들에서 풍겨 나오는 달콤한 향기로 가득했다. 그리고 짐은 발삼 전나무의 기운을 돋우는 향기로 가득 찬 산소를 깊이 들이마셨다. 그는 이 야생의 삶에서 느끼는 기쁨을 동료보다 더 적극적으로 표현했다. 그 기쁨은 그로 하여금 외치고 노래하고, 휘파람을 불고 싶게 만들었다. 그러나 오늘 아침 그는 자제했다. 사냥의 흥분이 그의 피에 스며 있었다.

브루스가 말에 안장을 얹는 동안, 짐은 배넉 (역주: 귀리나 보릿가루로 만든 납작한 구운 빵)을 만들었다. 짐은 자신이 "야생 빵" 굽기라고 부르는 일에 있어 전문가가 되어 있었다. 그의 방식은 쓰레기를 줄이고 시간을 아끼는, 일석이조의 효율을 가지고 있었다. 그는 무거운 캔버스 천으로 된 밀가루 자루 중 하나를 열고, 양손을 주먹 쥔 채 밀가루 속에 움푹 들어간 곳을 만들었다. 그는 이 안에 물 한 파인트 (약 473ml)와 순록 기름 반 컵 (약 120ml)을 붓고, 베이킹파우더 한 테이블스푼 (약 15ml)과 세 손가락으로 집은 소금 한 꼬집을 더해, 반죽하기 시작했다. 5분도 채 지나지 않아, 그는 배넉 덩어리들을 양철로 된 큰 휴대용 오븐에 넣었고, 30분 뒤에 양고기 스테이크가 구워졌고, 감자가 익었으며, 배넉은 노릇노릇한 갈색으로 구워졌다.

   짐과 브루스가 야영지를 느리게 나올 때, 동쪽 하늘에 해가 막 얼굴을 내밀고 있었다. 그들은 말을 타고 골짜기를 건넜다가, 산비탈을 걸어서 올라갔고, 말들은 그들의 발자국을 얌전히 따라갔다. 쏘어의 흔적을 찾는 것은 어렵지 않았다. 그가 적들에게 으르렁거리며 저항하기 위해 멈췄던 자리에는, 땅 위에 붉은 피가 크게 튀어 있었다. 이 지점에서 산 정상까지, 짐과 브루스는 진홍색 핏줄기를 따라갔다. 다른 골짜기로 내려가는 동안 그들은 쏘어가 멈췄던 자리를 세 번이나 발견했고, 그때마다 그들은 피 웅덩이가 땅을 흠뻑 적시거나 바위 위로 흐른 곳을 보았다.

   브루스와 짐은 숲을 지나 개울에 도착했고, 이곳의 단단한 검은 모래밭에서, 쏘어의 발자국이 그들의 발걸음을 멈추게 했다. 브루스는 발자국을 응시했다. 짐이 놀라서 외쳤고, 둘 사이에 한마디 말도 오가지 않은 채, 짐은 주머니에서 줄자를 꺼내고, 여러 발자국 중 하나 옆에 무릎을 꿇었다.

   "15.25 인치 (약 38.7cm)야!" 짐이 숨을 헐떡이며 말했다. "다른 발자국도 재 봐," 브루스가 말했다. "무려 15.5인치 (약 39.4cm)야!" 브루스가 골짜기 위쪽을 바라보았다. "내가 여태껏 본 가장 큰 발자국은 14.5인치 (약 37cm)였어," 브루스가 말했다, 그리고 그의 목소리에는 경외심이 담겨 있었다. "그 곰은 애서배스카강 (Athabasca) 상류에서 총에 맞았고, 브리티시 콜롬비아 (British Columbia)에서 사살된 그리즐리 곰 중 가장 큰 녀석으로 여겨져 왔어. 짐, *이번 녀석이 그 녀석을 능가해!*"

짐과 브루스는 계속 나아갔고, 쏘어가 상처를 씻었던 첫 번째 물웅덩이의 가장자리에서 다시 그의 발자국을 쟀다. 측정값에는 차이가 거의 없다. 이후로 그들은 핏자국을 가끔씩만 발견했다. 그들이 진흙 웅덩이에 도착했을 때는 열 시였고, 그들은 그 안에 쏘어가 마련한 잠자리를 보았다. "곰이 매우 아팠나 봐." 브루스가 낮은 목소리로 말했다. "곰은 거의 밤새도록 여기에 있었어."

같은 충동과 생각에 이끌려, 짐과 브루스는 앞을 바라보았다. 반 마일 (약 805m) 더 가자, 양옆에 산들이 가까이 있어서, 산 사이의 협곡은 어둡고 햇빛이 들지 않았다. "곰은 꽤 아팠던 것 같아," 브루스가 여전히 앞을 바라보며 다시 말했다. "어쩌면 우리가 말들을 묶고, 우리끼리 가는 게 나을 지도 몰라. 곰이 저 안에 있을 수도—있어." 그들은 말들을 키 작은 삼나무에 묶고, 암말 디시팬이 지고 있던 짐을 내려주었다. 그리고 나서, 그들은 소총을 손에 들고, 주위를 살피고 귀를 기울이며, 정적과 어둠이 감도는 협곡 속으로 조심스럽게 들어섰다.

5장

 쏘어는 동틀 무렵에 협곡을 따라 올라갔다. 그는 진흙 웅덩이에서 몸을 일으켰을 때는 뻣뻣했지만, 상처의 화끈거림과 통증은 많이 가라앉아 있었다. 상처는 여전히 그를 아프게 했지만, 전날 저녁만큼 아프게 하지는 않았다. 통증은 어깨에만 있는 것이 아니었고, 특정 부위에만 국한된 것도 아니었다. 그는 *아팠고*, 만약 그가 인간이었다면, 그는 침대에 누워 혀 밑에 체온계를 넣어 물고, 의사가 그의 맥을 짚고 있었을 것이다. 그는 협곡을 천천히, 힘겹게 걸어 올라갔다.
 끈질기게 먹이를 찾아다니던 쏘어였지만, 이제 더 이상 음식 생각이 나지 않았다. 그는 배고프지도 않았고, 먹고 싶지도 않았다. 혀가 뜨겁게 달아올라 그는 개울의 차가운 물을 자주 핥았고, 이보다 훨씬 더 자주 몸을 반쯤 돌려, 바람 냄새를 맡았다. 인간의 냄새, 낯선 천둥과 더욱더 설명할 수 없는 번개가 자신 뒤에 숨어있음을 그는 알았다. 그는 밤새 경계를 늦추지 않았고, 지금도 주의를 기울이고 있었다.
 쏘어는 특정한 상처에 대한 특정한 치료법을 알지 못했다. 그는 식물학자처럼 식물에 대해 잘 알지는 못했지만, 그를 창조할 때 야생의 정령 (Spirit of the Wild)은 그에게 스스로 치료를 해야 하는 운명을 정해 놓았다. 고양이가 개박하를 찾듯이, 쏘어는 몸이 좋지 않을 때 특정한 것들을 찾아 다녔다. 쓴 맛이 나는 것이 모두 퀴닌 (역주: 기나나무 껍질에서 추출한 물질로 강렬한 쓴맛이 특징임)은 아니지만, 쓴 것들은 그에게 분명히 약이었다. 그는 협곡을 따라 오르고, 코를 땅에 바짝 대어, 키 작은 잡목림과 무성하게 얽힌 덤불 사이를 냄새 맡으며 지나갔다.

쏘어는 키니키니크라는 식물로 덮인 작고 푸른 장소에 도착했다. 이 식물은 지면을 따라 낮게 자라고, 2인치 (약 5cm) 높이이며, 작은 완두 콩만한 빨간 열매를 맺었다. 하지만 지금 그 열매는 붉지 않고 녹색이었고, 담즙처럼 쓴맛이 났으며, 우바우르시 (uvaursi)라고 불리는 지혈을 시키고 원기를 돋우는 성분을 함유했다. 그는 그것들을 먹었다. 그 후 그는 까치밥나무와 매우 비슷하게 생긴 나무에서 자라나고 있는 무환자나무 열매를 발견했다. 그 열매는 까치밥나무 열매보다 이미 더 컸고, 분홍색으로 변하고 있었다. 인디언들은 열이 났을 때 이 열매를 먹었으며, 그는 계속 가기 전에 0.5파인트 (약 1컵)를 채집했다. 그것들도 역시 맛이 썼다.

쏘어는 나무를 냄새 맡았고, 마침내 자신이 원했던 것을 발견했다. 그것은 뱅크스소나무였고, 그의 손이 닿는 곳곳에서 신선한 수지가 흘러나오고 있었다. 어떤 곰도 수지가 나오는 뱅크스소나무를 좀처럼 지나칠 수 없다. 그것은 그의 주된 강장제였고, 그는 혀로 신선한 수지를 핥았다. 이렇게 해서 그는 테레빈유 (역주: 송진에서 추출된 기름) 뿐만 아니라, 우회적으로, 이 특정 성분으로 만들어진 약 전부를 흡수했다.

쏘어가 협곡의 끝에 도착했을 무렵에, 그의 위는 약으로 가득 찬 약국 같았다. 다른 것들 중에서 그는 약 0.5쿼트 (약 0.5리터)의 가문비나무와 발삼 전나무 침엽을 먹었다. 개가 아플 때, 개는 풀을 먹는다. 곰이 아프면, 곰은 구할 수 있으면 솔잎이나 발삼 전나무 침엽을 먹는다. 또한, 곰은 겨울잠을 자리 굴로 들어가기 전 마지막 순간에 솔잎과 발삼 전나무 침엽으로 위와 장을 채운다.

쏘어가 협곡의 끝에 도달했을 때, 태양이 아직 떠오르지 않았다. 잠시 동안 그는 산의 암벽 속으로 이어지는 낮은 동굴의 입구에 서 있었다. 그가 얼마나 오래된 일을 기억할 수 있을지는 말할 수 없지만, 그가 아는 세상에서 이 동굴은 집이었다. 그 동굴은 높이가 겨우 4피트 (약 1.2m), 너비가 8피트 (약 2.4m)였지만, 깊이는 그보다 몇 배나 더 깊었고, 부드러운 흰 모래로 바닥이 덮여 있었다. 한때 작은 개울이 이 동굴에서 조금씩 흘렀고, 온도가 영하 50도였을 때, 개울의 반대쪽은 잠자는 곰에게 편안한 침실을 제공했다.

십 년 전, 쏘어의 어미가 겨울잠을 자기 위해 그 동굴 안으로 들어갔다. 그리고 봄을 처음으로 흘끗 보기 위해 쏘어의 어미가 어기적어기적 걸어 나왔을 때, 세 마리 새끼 곰이 어미 곰을 따라 함께 어기적어기적 걸어 나왔다. 쏘어는 그들 중 하나였다. 그는 아직 눈이 반쯤 감긴 상태였는데, 그리즐리 곰 새끼는 태어난 지 다섯 주가 지나야 눈을 뜰 수 있기 때문이다. 그리고 그리즐리 곰 새끼는 사람 갓난아기처럼 발가벗고 태어나기 때문에, 그의 몸에는 털이 적었다. 그가 눈을 떴고, 거의 동시에 털이 자라기 시작했다. 그 후로 그는 그 동굴 집에서 여덟 번 겨울잠을 잤다.

쏘어는 이제 동굴에 들어가고 싶었다. 그는 동굴의 반대쪽에 누워 건강이 나아질 때까지 기다리고 싶었다. 약 2분 내지 3분 동안, 그는 동굴 입구에서 간절히 들어가고 싶어 하며 냄새를 맡으면서도 주저했다. 그때, 그는 협곡 아래에서 부는 바람을 느꼈다. 그에게 계속 가는 것이 좋겠다고 무언가가 말하는 것 같았다. 서쪽에 협곡에서 정상으로 향하는 경사진 오르막 길이 있었고, 그는 이 길을 올라갔다. 그가 정상에 도달했을 때 태양은 꽤 높이 떠 있었고, 그는 잠시 다시 쉬면서 자신의 영역의 다른 절반을 내려다보았다.

이 골짜기는 브루스와 짐이 몇 시간 전에 말을 타고 향했던 그 골짜기보다 훨씬 더 아름다웠다. 산맥과 산맥 사이의 골짜기는 폭이 족히 2마일 (약 3.2km)에 달했고, 반대 방향으로는 금빛, 초록과 검은색이 어우러진, 완만하게 기복을 이루는 거대한 풍경 속으로, 골짜기가 멀리까지 펼쳐져 있었다. 쏘어가 서 있는 자리에서 골짜기는 마치 거대한 공원 같았다.

녹색 산비탈은 거의 산 정상 가까이까지 이어졌고, 이 산비탈의 중간쯤 위 지점인 마지막 수목한계선 (역주: 나무가 자랄 수 있는 한계선)까지는 가문비나무와 발삼 전나무 무리가 마치 사람들의 손에 의해 그곳에 심어진 것처럼 푸른 비탈 위에 흩어져 있었다. 이 나무 무리들 중 일부는 도시 공원 속 장식용 나무 무리만큼 작았고, 다른 나무 무리들은 수 에이커에서 수십 에이커까지의 땅에 퍼져 있었다.

양쪽 산비탈의 기슭에는 마치 공원 가장자리를 장식한 띠처럼, 얇고 끊이지 않은 숲의 선들이 이어지고 있었다. 이 두 줄의 숲 사이에는 부드럽고 완만한 기복을 이루는 초원에 탁 트인 골짜기가 있었고, 초원에는 자줏빛 버펄로 버드나무와 산 세이지로 이루어진 작은 숲, 야생 장미와 가시나무로 이루어진 녹색 작은 숲, 그리고 나무 군락들이 점점이 흩어져 있었다. 골짜기의 움푹 들어간 곳에는 개울이 흘렀다.

쏘어는 서 있던 곳에서 약 400야드 (약 366m)를 내려왔고, 그런 다음에 녹색 산비탈을 따라 북쪽으로 방향을 돌려서, 숲의 주변으로부터 150야드 (약 137m) 내지 200야드 (약 183m) 위에 있는 공원같이 정돈된 숲의 여기저기를 이동하고 있었다. 이 높이는 골짜기 안 초원과 산봉우리의 첫 이판암과 드러난 바위 사이의 중간 지점으로, 그는 작은 사냥을 할 때 가장 자주 이곳에 왔다.

살찐 그라운드호그처럼 마멋들은 바위 위에서 이미 햇볕을 쬐기 시작했다. 산속 단조로운 물소리보다 더 높고, 듣기에 즐거운 마멋의 길고 부드럽고 아득하게 들려오는 휘파람 소리가 운율적인 리듬을 타며 대기를 가득 채웠다. 가끔 마멋 한 마리가 바로 가까이에서 날카롭고 경고하는 듯한 휘파람 소리를 내고 나서, 그 큰 곰이 지나갈 때는 몸을 낮추어 바위 위에 붙었고, 잠시 동안 휘파람 소리가 끊기고, 계곡의 부드럽고 잔잔한 물소리만이 들렸다.

그러나 쏘어는 오늘 아침에 사냥할 생각이 없었다. 그는 자신에게 가장 맛있는 먹이인 호저를 두 번 만났지만, 주목하지 않은 채 지나갔다. 따뜻하고 *잠을 자고 있는* 순록의 냄새가 덤불에서 강렬하고 신선하게 풍겨 왔지만, 그는 살펴보려고 그 덤불에 접근하지 않았다. 좁고 어두워 마치 검은 도랑 같은 협곡에서, 그는 오소리의 냄새를 맡았다. 두 시간 동안 쏘어는 산비탈 중턱을 따라 북쪽으로 꾸준히 이동하다가, 숲을 지나 개울로 내려갔다.

쏘어의 상처에 달라붙은 진흙은 굳기 시작했고, 그는 다시 어깨까지 물에 잠기며 웅덩이로 걸어 들어갔고, 몇 분 동안 그 안에 서 있었다. 물에 씻겨 대부분의 진흙이 떨어져 나갔다. 그 후 그는 두 시간 동안 시냇물을 따라 걸으며, 자주 물을 마셨다. 그리고 나서 그가 진흙 웅덩이를 떠난 뒤 여섯 시간 후에, *새푸스 우윈* (*sapoos oowin*) 즉, 배탈이 풀려 속이 비워지는 소화와 배설의 순간이 찾아왔다.

키니키니크 열매, 무환자나무 열매, 뱅크스소나무 수지, 가문비나무와 발삼 전나무의 침엽, 그리고 쏘어가 마신 물이 모두 위에서 섞여, 하나의 크고 강력한 약처럼 작용하여, 속을 비우게 했고, 그는 몸이 굉장히 나은 것을 느꼈다. 너무 많이 회복되어, 그는 처음으로 몸을 돌려, 적들이 있는 방향을 향해 으르렁거렸다. 그는 어깨가 여전히 아팠지만, 배탈은 다 나아 있었다.

쏘어는 속을 *비운* 후 몇 분 동안, 움직이지 않은 채 서 있었고, 여러 번 으르렁거렸다. 가슴 깊은 곳에서 나오는 그 요란한 울부짖음은 이제 새로운 의미를 지니고 있었다. 어젯밤과 오늘까지, 그는 진정한 증오를 알지 못했다. 그는 다른 곰들과 싸운 적이 있었지만, 싸울 때의 분노는 증오와는 달랐다. 그 분노는 빠르게 일어나서 빠르게 사라졌고, 마음속에 점점 커지는 추악함을 남기지 않았다. 그는 적이 발톱으로 할퀸 상처를 핥았고, 그 상처를 치료하는 동안 꽤 자주 행복했다. 하지만 그의 마음속에서 새롭게 생겨난 이 감정은 달랐다.

쏘어는 잊을 수 없고 극심한 미움으로, 자신을 다치게 한 존재를 증오했다. 그는 인간의 냄새를 증오했다. 그는 전에 본 협곡의 경사면에 붙어있던, 낯설고 흰 얼굴을 가진 존재를 증오했다. 그리고 그는 그들과 연관된 모든 것을 증오했다. 그것은 본능적으로 생겼고, 경험에 의해 긴 잠에서 갑자기 깬 증오였다. 이전에 여태껏 인간을 보거나 인간의 냄새를 맡은 적이 없었지만, 그는 인간이 가장 치명적인 적임을 알았고, 산속의 모든 야생 동물보다 더 두려워해야 할 존재임을 알았다.

쏘어는 가장 큰 그리즐리 곰과 싸울 것이다. 그는 가장 사나운 늑대 무리에 맞설 것이다. 그는 물러서지 않고 홍수와 화재에 용감하게 맞설 것이다. 그러나 인간 앞에서 그는 도망쳐야 한다! 그는 숨어야 한다! 그는 눈, 귀와 코로 산봉우리 안과 평원 위에서 자신을 계속 보호해야 한다! 왜 쏘어가 이를 감지했고, 한 생명체가 자신의 세상에 들어왔는데, 크기가 왜소하지만 그가 여태껏 알던 어떤 적보다 더 두려운 존재라는 점을 왜 쏘어가 갑자기 이해했는지는 자연만이 설명할 수 있는 기적이었다. 그것은 쏘어 종족의 세월에 의해 흐려진 정신적 구조 속에서 인류의 초기 시절을 회상하는 것이었다—우선 곤봉을 가진 인간, 불에 단단히 굳은 창을 가진 인간, 끝에 부싯돌이 달린 화살을 가진 인간, 덫과 올가미를 가진 인간, 그리고 마지막으로, 총을 가진 인간. 모든 시대 내내 인간이 쏘어의 유일한 지배자였다.

자연은 그 점을 그에게 각인시켰다—백 세대, 천 세대, 혹은 만 세대에 걸쳐, 그의 종족에게 그 사실을 끊임없이 각인시켜 온 것이다.

그리고 이제 쏘어의 삶에서 처음으로, 그의 본능 중 잠들어 있던 부분이 경고를 위해 갑자기 깨어났고, 그는 알아차렸다. 그는 인간을 증오했고, 이제부터 그는 인간의 냄새를 가진 모든 것을 증오할 것이다. 그리고 이러한 증오와 함께, 그에게는 처음으로 *두려움*도 생겼다. 만약 인간이 쏘어와 그의 종족을 죽음으로 결코 몰지 않았더라면, 세상은 그를 무섭고 소름 끼치는 곰 (역주: Ursus Horribilis the Terrible에서 Ursus Horribilis는 라틴어로 그리즐리 곰의 학명인 Ursus arctos horribilis의 일부이다. 이 학명은 무서운 큰 곰이라는 뜻이다.)으로 인식하지 않았을 것이다.

쏘어는 느리고 투박하게 냄새를 맡았지만, 여전히 매우 꾸준히 개울을 따라갔다. 그는 머리와 목을 낮게 숙이고, 모든 곰—특히 그리즐리 곰—특유의 구르는 듯한 걸음걸이에 맞춰, 거대한 엉덩이와 뒷다리를 위아래로 들썩였다. 그의 긴 발톱은 돌 위에서 *딸깍-딸깍-딸깍* 소리를 냈고, 그는 자갈을 밟으며 큰 으드득 소리를 냈고, 부드러운 모래 속에 거대한 발자국을 남겼다.

쏘어가 지금 들어가고 있는 골짜기 지역은 그에게 특별한 의미가 있는 곳이었다. 그리고 그는 느리게 걷기 시작했는데, 사방의 공기를 냄새 맡기 위해 자주 멈추었다. 그는 일부일처주의자는 아니었지만, 지난 여러 짝짓기 철 동안, 두 산맥 사이에 있는 이 아름다운 초원과 평원 일대에서, *암컷* (역주: Iskwao는 북미 원주민 크리 족의 언어[Cree]로 여성을 뜻하지만, 여기서는 암컷 곰을 의미) 짝을 찾으러 왔다. 그는 7월이면 그녀가 늘 그곳에 나타날 것이라고 믿었다. 그녀는 그를 기다리거나 그를 찾아다녔고, 가슴속에 기이한 야성적인 모성에 대한 갈망이 있었다.

이스콰오는 짝짓기 철이 다가와 마음이 동하면, 서쪽 산맥에서 온 멋진 그리즐리 곰으로, 몸집이 크고 힘이 셌으며, 아름다운 금빛 갈색 털을 지니고 있었다. 그래서 쏘어와 그녀 사이에서 태어난 새끼 곰들은 산맥 전체에서 가장 아름다운 그리즐리 곰이었다. 어미 곰은 새끼를 밴 채로 서쪽으로 돌아갔고, 새끼들은 서쪽으로 멀리 떨어진 골짜기와 산비탈에서 눈을 뜨고 살고 싸웠다.

만일 몇 년 후 언젠가 쏘어가 사냥터에서 자신의 새끼 곰들을 쫓아내거나, 싸우다가 세게 때리면, 자연은 친절하게도 새끼 곰들이 그의 새끼라는 사실을 그가 알 수 없게 했다. 그는 대부분의 기분이 언짢은 노총각들과 같았다. 그는 새끼 곰을 싫어했다. 완고한 나이가 든 여성을 싫어하는 사람이 분홍빛의 갓난아기는 참았을지도 모르는 것처럼, 그는 새끼 곰을 참았다. 그는 새끼를 죽인 적은 결코 없었기 때문에, 펀치 (역주: Punch는 17세기 중반에 영국에서 시작한 인형극인 "Punch and Judy"의 주인공으로, 매우 폭력적이고 잔인한 성격을 지님)처럼 잔인하지는 않았다.

새끼 곰들이 자신의 영역 안으로 감히 들어오려고 할 때마다, 쏘어는 그들을 확실히 쳤지만, 항상 평평하고 부드러운 발바닥으로만 쳤고, 발바닥 뒤에서 나온 힘을 딱 맞게 실어서, 그들이 솜털이 뒤덮인 작은 둥근 공처럼 계속해서 굴러 넘어지도록 만들었다. 이것이 낯선 어미 곰이 새끼들과 함께 그의 영역에 침범했을 때, 그가 불쾌감을 표현한 유일한 방식이었다.

다른 면에서 쏘어는 상당히 관대했다. 그는 어미 곰과 새끼들을 쫓아내지 않았고, 어미 곰이 아무리 고약한 성격이고 싫어도 어미 곰과 싸우지 않았다. 설령 자신이 사냥한 먹이 중 하나를 그들이 먹고 있는 모습을 그가 발견하더라도, 그는 새끼 곰들을 따끔하게 한 대 치는 것에 그칠 것이다.

지금까지의 모든 설명은 쏘어가 거대한 바위 덩어리 끝을 돌아서 왔을 때, 어떻게 갑작스럽고 격렬한 동요 상태에서, 어떤 따뜻하고 가까운 냄새를 맡는지를 보여주기 위해 어느 정도 필요하다. 쏘어는 멈춰서 고개를 돌렸고, 낮게 으르렁거리며 불쾌감을 표현했다. 그로부터 6피트 (약 2m) 떨어진 흰 모래밭 위에 납작 엎드린 채로, 자신이 친구를 만났는지 적을 만났는지 아직 판단하지 못한, 꼭 반쯤 겁먹은 강아지처럼, 꿈틀거리고 떨면서 홀로 있는 새끼 곰 한 마리가 있었다.

그 새끼 곰은 태어난 지 석 달을 넘지 않았고, 아직 어미 곰 곁을 떠나기엔 너무 어렸다. 그 새끼 곰은 이목구비가 뚜렷하고, 작은 황갈색 얼굴을 지녔으며, 어린 가슴에는 하얀 반점이 하나 있었는데, 이는 그가 그리즐리 곰이 아닌 검은 곰 무리에 속한다는 것을 나타냈다. 그 새끼 곰은 "나는 길을 잃었고, 무리를 놓쳤거나, 도난을 당했어요. 나는 배가 고프고, 내 발은 호저의 가시에 찔렸어요."라고 말하려 애쓰고 있었다. 그러나 그럼에도 불구하고, 쏘어는 또 심상치 않은 으르렁 소리를 내면서 바위들 주변에서 어미 곰을 찾기 시작했다. 어미 곰은 보이지 않았고, 그는 어미 곰의 냄새를 맡을 수 없었다. 그러자 그는 거대한 머리를 다시 새끼 곰 쪽으로 돌렸다.

인디언은 그 새끼 곰을 머스크와 (역주: Muskwa는 크리어로 곰을 뜻함)로 불렀을 것이다. 머스크와는 작은 배를 땅에 대고 1푸트 (약 30cm) 내지 2피트 (약 61cm) 더 가까이 기어왔다. 쏘어가 두 번째로 그를 살펴보자, 머스크와는 다정하게 몸을 꿈틀거리며 반겼고, 그 움직임 덕에 그는 또 0.5 푸트 (약 15cm) 앞으로 나아갔다. 그러자 쏘어의 가슴속에서 낮은 경고음이 울려 퍼졌다. "더 가까이 오지 마," 그 소리는 분명히 말했다, "안 그러면 내가 너를 확 쓰러뜨릴 거야!"

머스크와는 알아들었다. 그는 코, 발과 배를 모래에 바짝 붙인 채, 마치 죽은 것처럼 엎드려 누웠다. 그러자 쏘어는 다시 주위를 살폈다. 그의 시선이 머스크와에게 돌아왔을 때, 새끼 곰은 이미 그의 3피트 (약 91cm) 이내까지 다가와 있었고, 모래에 납작 엎드려 몸을 꿈틀거리며, 부드럽게 낑낑거리고 있었다. 쏘어는 오른발을 땅에서 4인치 (약 10cm) 들어 올렸다. "1

인치 (2.54cm) 더 오면, 내가 너를 세게 때릴 거야!" 그가 으르렁거렸다.

머스크와는 꿈틀거리며 떨었다. 그는 반은 두려움에, 반은 자비를 구하며, 아주 작은 붉은 혀로 입술을 핥았다. 쏘어가 발을 들어 올렸음에도 불구하고, 머스크와는 6인치 (약 15cm) 더 가까이 천천히 다가갔다. 쏘어의 목에서 으르렁 소리 대신 떨리고 불안정한 소리가 났다. 그의 무거운 앞발이 모래에 떨어졌다. 그는 세 번째로 주위를 둘러보고, 공기를 냄새 맡았다. 그는 다시 으르렁거렸다. 어떤 신경질적인 노총각이라도 그 소리를 이해했을 것이다. "도대체 저 새끼 곰의 엄마는 어디에 있는 거야!"를 그 소리가 표현했다.

그때 무언가가 일어났다. 머스크와는 쏘어의 부상당한 다리 가까이로 기어갔다. 머스크와는 일어나서 아물지 않은 상처의 냄새를 맡았다. 그의 혀가 상처에 부드럽게 닿았다. 그 혀는 벨벳처럼 부드러웠다. 그것은 놀랄 만큼 기분 좋은 느낌이었고, 머스크와가 상처를 핥는 동안에 쏘어는 움직이지도, 소리를 내지도 않은 채, 오랫동안 그곳에 서 있었다. 그리고 나서 그는 큰 머리를 낮추었다. 그는 자신에게 다가온, 우정을 지닌 부드러운 작은 곰을 냄새 맡았다.

머스크와는 어미 곰을 잃은 새끼처럼 애달프게 낑낑거렸다. 쏘어는 으르렁거렸지만, 이제 그 소리는 한층 부드러워졌다. 그 소리는 더 이상 위협이 아니었다. 그의 큰 혀의 온기가 그 새끼 곰의 얼굴에 한 번 전해졌다. "어서 가자!" 쏘어가 말했고, 그는 북쪽으로 향하는 여정을 다시 시작했다. 그러자 어미를 잃은, 얼굴이 햇볕에 그을린 작은 새끼 곰이 그의 뒤를 바짝 따라갔다.

6장

쏘어가 따라가던 시내는 배빈 (Babine) 강의 지류였고, 그는 스키나 (Skeena) 강을 향해 곧게 나아가고 있었다. 그가 상류 쪽으로 올라가면서, 지형은 점점 더 높아지고 거칠어졌다. 그가 머스크와를 발견했을 때, 그는 분수령의 정상에서 약 7마일 (약 11km) 내지는 8마일 (약 13km) 이동한 지점에 있었다. 이 지점부터 산비탈이 다른 양상을 띠기 시작했다. 산비탈은 어둡고 좁은 도랑들로 파여 있었고, 거대한 바위 덩어리들, 뾰족하게 돌출된 바위들과 가파른 이판암 경사면들로 거칠게 형성되어 있었다. 시냇물은 점점 더 시끄럽게 흐르고, 따라가기 더 어려워졌다.

쏘어는 지금 자신의 여러 은신처들 중 한곳으로 들어서고 있었다. 그곳은 그가 숨고 싶으면 천 곳이나 되는 숨을 자리가 있을 만큼, 무질서한 야생 지역이었다. 이곳에서는 그가 큰 사냥감을 잡는 데 어려움이 없었고, 인간의 냄새가 자신을 따라오지 않을 것이라는 확신도 있었다. 그는 머스크와를 만났던 바위가 많은 지대를 떠난 뒤, 새끼 곰이 따라오고 있다는 사실을 완전히 잊은 듯, 30분 동안 느리게 계속 걸어갔다. 하지만 그는 새끼 곰의 소리를 듣고, 냄새도 맡을 수 있었다.

머스크와는 이 여정이 힘들었다. 그의 통통한 작은 몸과 짧은 다리는 이런 여행에 익숙하지 않았다. 하지만 그는 기운찬 새끼 곰이었고, 그 30분 동안 단 두 번만 낑낑거렸다. 한 번은 바위에서 미끄러져 시냇가 가장자리로 굴러 떨어졌던 때였다. 또 한 번은, 발에 호저 가시가 박힌 채 너무 세게 발을 디뎠을 때였다.

마침내 쏘어는 개울을 벗어나 깊은 협곡 쪽으로 발길을 돌렸다. 그는 넓은 경사면 위 중턱에 이르러, 약간 낮아진 고원 같은 평원에 도달할 때까지 그 협곡을 따라갔다. 이곳에서 그는 풀로 덮인 둥근 언덕의 양지바른 쪽에 놓인 바위 하나를 발견하고, 걸음을 멈췄다. 작은 머스크와의 아기 같은 우정, 마음을 움직이는 바로 그 순간에 쏘어의 상처를 핥아준 부드럽고 빨간 작은 혀의 어루만짐, 그리고 그를 따라온 끈기—이 모든 것이 합쳐져 그의 크고 거친 마음속에서 심금을 울렸는지도 모른다. 그는 잠시 불안하게 주변을 돌아다니며 냄새를 맡다가, 바위 옆에 몸을 길게 뻗고 누웠다. 그제야 완전히 지친, 햇볕에 그을린 얼굴의 작은 새끼 곰이 바닥에 누웠다. 그런데 머스크와는 눕자마자, 너무 피곤해서 3분만에 깊은 잠에 빠져들었다.

이른 오후 동안 두 차례나 다시 쏘어는 속을 *비웠고*, 배고픔을 느끼기 시작했다. 그것은 개미와 땅벌레, 심지어 땅다람쥐와 마멋으로 채울 수 있는 허기가 아니었다. 쏘어는 또한 작은 머스크와가 얼마나 심하게 굶주렸는지를 짐작했을지도 모른다. 그 새끼 곰은 한 번도 눈을 뜨지 않았고, 쏘어가 계속 가기로 결심했을 때, 여전히 따뜻한 햇살이 머무는 곳에 누워 있었다.

약 세 시였고, 북부 산 골짜기에서 6월 말이나 7월 초의 하루의 특히 조용하고 졸린 때였다. 마멋들은 피곤할 때까지 울었고, 바위 위 햇빛 속에서 웅크리고 있었다. 독수리들은 산봉우리 위 매우 높은 곳을 날아올라 단지 점처럼 보였고, 고기로 가득 찬 모이주머니를 가진 매들은 숲속으로 사라졌고, 염소와 양은 밀리 산등성이 위쪽에 누워있었고, 염소와 양 근처에 풀을 뜯어먹는 동물이 있다면, 그들은 모두 배불리 먹고 낮잠을 자고 있었을 것이다.

산속 사냥꾼은 지금이 초록빛 산비탈과 드문드문 나무가 무리 지어 서 있는 곳들 사이의 탁 트인 지대를 살펴, 곰 특히 육식성 곰을 찾아야 할 시간임을 알고 있었다. 쏘어의 주요 탐색 시간이었다. 모든 다른 동물들이 잘 먹고 낮잠을 잘 때, 쏘어는 발각될 염려를 덜 하며 더 자유롭게 돌아다닐 수 있음을 본능적으로 알았다. 그는 사냥감을 찾을 수 있었고, 사냥감을 지켜보았다. 가끔 그는 대낮에 염소, 양, 또는 순록을 잡곤 했다. 그는 단거리에서 염소나 양보다 더 빨리 달릴 수 있었고, 순록만큼 빠르게 달릴 수 있었다. 그러나 그는 주로 해 질 무렵이나 초저녁 어두울 때 사냥감을 잡았다.

쏘어는 바위 옆에서 숨을 내쉬는 엄청난 소리를 내며 일어났고, 그 소리가 머스크와를 깨웠다. 새끼 곰이 일어나, 쏘어를 보고 나서 햇살을 바라보더니, 기지개 켜듯 몸을 털다가 넘어졌다. 쏘어는 검정색과 황갈색 털을 지닌 작은 녀석을 약간 못마땅하게 바라보았다. 마치 굶주린 사내가 손가락만 한 과자나 마요네즈 샐러드가 아닌 두툼한 포터하우스 스테이크를 갈망하듯, 쏘어는 속을 *비운 뒤*, 붉고 육즙 가득한 많은 양의 고기를 간절히 원하고 있었다. 그런데 저 약간 굶주렸지만, 아주 큰 흥미를 보이고 자신의 뒤를 졸졸 따라다니는 새끼 곰을 데리고 어떻게 순록을 사냥해서 잡을 수 있을지를 생각하자, 쏘어는 골치가 아팠다.

머스크와는 그 문제를 이해하고 스스로 해결책을 찾은 것 같았다. 그는 쏘어의 12야드 (약 11m) 앞에서 달리다가 멈추고 건방지게 뒤를 쳐다보았다. 작은 귀를 쫑긋 세운 그는 마치 첫 토끼 사냥을 가기에 완벽히 자격을 갖췄음을 아버지에게 증명하려는 어린 소년처럼 보였다. 또 *큰 숨소리*를 내며 쏘어는 분발해 산비탈을 따라 곧장 머스크와에게 다가갔다. 그리고 오른발을 휙 휘둘러 새끼 곰을 자기보다 12피트 (약 3.7m) 뒤로 굴려 보냈다. 그 동작은 마치 "네가 나랑 사냥을 가겠다면, 자리는 거기야!"라고 분명히 말하는 듯했다.

쏘어는 천천히 계속해서 움직였고, 사냥을 위해 눈, 귀와 콧구멍을 총동원했다. 그는 개울 위로 100야드 (약 91m)를 넘지 않는 지점까지 내려갔고, 더 이상 가장 쉬운 길을 찾지 않았으며, 거칠고 힘한 지역들을 찾아 나섰다. 그는 느리게 지그재그로 이동하며, 거대한 바위 덩어리 주변을 조심스럽게 지나갔고, 그가 도달한 각 골짜기의 냄새를 맡으며, 나무 군락과 바람에 쓰러진 나무들을 살폈다. 그는 한때는 매우 높은 곳에 올라가 노출된 이판암에 가까워지기도 하고, 다시 매우 낮은 곳으로 내려가 개울의 모래와 자갈 속을 걸었다.

쏘어는 바람 속에서 많은 냄새를 맡았지만, 그에게 관심을 끌거나 깊은 흥미를 일으킨 냄새는 없었다. 언젠가 그는 이판암 근처 높은 곳에서 염소 냄새를 맡았지만, 고기를 얻기 위해 이판암 위로는 결코 가지 않았다. 그는 두 번 양 냄새를 맡았고, 늦은 오후에는 100피트 (약 30m) 위의 가파른 바위에서 자신을 내려다보는 큰 숫양을 보았다.

더 아래쪽으로 내려가서 쏘어는 호저가 지나간 자취에 코를 갖다 댔고, 앞쪽의 냄새를 맡기 위해, 순록의 발자국 위로 자주 머리를 숙였다. 골짜기에는 다른 곰들도 있었다. 대부분의 곰들은 개울 바닥을 따라 이동한 흔적이 있었고, 그것으로 보아 검은 곰이나 적갈색 곰인 듯했다. 한 번은 쏘어가 또 다른 그리즐리 곰의 냄새를 맡았고, 그는 언짢은 듯 으르렁거렸다. 쏘어와 머스크와가 햇살이 비치는 바위를 떠난 후 두 시간 동안, 시간이 흐르면서 점점 더 배고픔을 느끼고 힘이 빠져가는 머스크와에게, 쏘어는 분명한 관심을 한 번도 보이지 않았다.

지금까지 살아온 어떤 소년도 얼굴이 햇볕에 그을린 작은 새끼 곰보다 더 끈기 있지는 않았다. 거친 지역에서 머스크와는 비틀거리고 자주 넘어졌다. 쏘어가 한걸음에 지나갈 수 있었던 오르막 구간들을, 머스크와는 지나가려면 필사적으로 애써야 했다. 쏘어는 시내를 걸어서 세 번 건넜고, 머스크와는 따라가며 물에 빠져 죽을 뻔했다. 머스크와는 지치고 타박상을 입고 물에 젖었고 발이 아팠지만, 쏘어를 따라갔다. 어떤 때에 머스크와는 쏘어에 가까워졌고, 다른 때에 그는 쏘어를 따라잡기 위해 달려야 했다. 쏘어가 마침내 사냥감을 발견했을 때 해가 지고 있었고, 머스크와는 거의 죽을 지경이었다.

쏘어가 왜 거친 초원 가장자리에 있는 바위 옆에 갑자기 거대한 몸을 바짝 붙이며 몸을 낮췄는지 머스크와는 알지 못했다. 그곳에서 그들은 작은 골짜기를 내려다볼 수 있었다. 머스크와는 낑낑거리고 싶었지만 두려웠다. 지금 그 어느 때보다도 그는 어머니가 간절히 그리웠다. 어머니가 자신을 바위들 틈에 남겨두고 돌아오지 않은 이유를 그는 이해할 수 없었다. 그 비극이 무엇이었는지를 짐과 브루스가 조금 뒤에 알게 될 예정이었다. 그리고 머스크와는 왜 어머니가 지금도 그에게 오지 않는지를 알 수 없었다. 지금쯤이면 잠들기 전 젖을 먹을 시간이었다. 머스크와는 3월에 태어난 새끼 곰이므로, 가장 정평이 난 어미 곰들의 육아 규칙에 따르면, 그는 한 달은 더 젖을 먹었어야 했다.

인디언 미투즌 (Metoosin)이었다면 머스크와를 *머누카우 (munookow)*라 불렀을 것이다. 다시 말해, 그는 아주 연약한 존재였다. 곰인 머스크와의 탄생은 다른 동물들과는 달랐다. 그의 어미는 추운 지방의 모든 어미 곰들처럼, 굴에서 겨울잠을 다 마치기 한참 전에 그를 낳았다. 머스크와는 어미가 잠든 사이에 세상에 나왔다.

그 후 한 달에서 길면 여섯 주 동안, 아직 눈도 뜨지 못하고 털도 나지 않은 머스크와에게 어미 곰이 젖을 먹였다. 그동안 어미 곰은 먹을 수도, 마실 수도, 햇빛을 볼 수도 없었다. 여섯 주가 지나자, 어미 곰은 자신이 먹을 첫 양식을 찾아 머스크와와 함께 동굴 밖으로 나왔다. 그 이후로 여섯 주가 채 지나지 않았지만, 머스크와는 약 20파운드 (약 9kg)의 체중이었다. 하지만 지금 머스크와는 평생 중 가장 배가 고팠고, 그래서 아마 체중도 조금 줄었을 것이다.

쏘어가 있는 곳에서 300야드 (약 274m) 아래에는 발삼 전나무 무리가 있었다. 그것은 작은 호수 가장자리 가까이에서 무성하게 자란 작은 숲이었다. 그 호수의 물은 골짜기의 더 멀리 있는 끝부분을 따라 천천히 흐르고 있었다. 그 전나무 무리 속에 순록 한 마리가—어쩌면 두세 마리가—있었다. 쏘어는 순록을 직접 본 것처럼 확신했다.

발굽 달린 사냥감이 누워 있을 때 쏘어에게 풍기는 냄새 (*wenipow*)는 풀을 뜯고 있을 때의 냄새 (*nechisoo*)와는 마치 낮과 밤처럼 확연히 달랐다. 누워 있는 짐승의 냄새는 마치 지나가는 여인의 치마와 머리카락에서 풍기는 은은하고 사라져 가는 향기처럼, 공기 속에 찾기 힘들게 떠돌았다. 반면에 풀을 뜯고 있는 짐승의 냄새는 깨진 향수병의 향기처럼 강렬하고 무겁게 땅 가까이에서 퍼져 있었다. 머스크와가 쏘어 뒤에 몰래 다가가서 누웠을 때, 이제 머스크와조차 그 냄새를 맡았다.

쏘어는 10분 내내 움직이지 않았다. 그의 눈은 골짜기, 호수의 가장자리, 그리고 숲으로 가는 길을 살펴보았고, 그의 코는 나침반이 가리키는 방향처럼 정확하게 바람을 판단했다. 그가 조용히 있었던 이유는 그가 위험한 지점 가까이에 있었기 때문이다. 다시 말해, 산과 갑작스러운 내리막 지형이 골짜기에서 '두 방향으로 나뉘는 바람'을 만들었고, 만약 그가 지금 웅크리고 있는 위치보다 50야드 (약 46m) 위에 나타났다면, 예리한 후각을 가진 순록은 그의 강렬한 냄새를 맡았을 것이다.

머스크와는 작은 귀를 앞으로 곧추세우고 새로운 깨달음의 눈빛을 띠며, 첫 번째 사냥감 추적 수업을 주의 깊게 지켜보았다. 매우 낮게 몸을 웅크려, 배를 땅에 대고 가는 것처럼 보이는 쏘어는 개울을 향해 느리고 조용하게 나아갔고, 그의 어깨 바로 앞의 큰 털은 마치 개의 등줄기 털처럼 뻣뻣하게 솟아올랐다. 머스크와는 그를 따라갔다. 쏘어는 100야드 (약 91m) 전체를 우회해서 계속 갔고, 그 100야드 (약 91m)를 가는 동안에 숲 쪽에서 냄새를 맡기 위해 세 번 멈추었다. 마침내 그는 만족했다. 바람이 그의 얼굴에 정면으로 불었고, 그 바람은 밝은 전망을 예고하는 짙은 냄새를 실어 왔다.

쏘어는 어깨를 좌우로 흔들고, 몸을 출렁이며, 살금살금 나아가기 시작했다. 이제는 더 짧은 보폭으로 걸어갔고, 거대한 몸의 모든 근육이 즉각 움직일 수 있도록 준비되어 있었다. 2분도 채 되지 않아 그는 발삼 전나무 숲 가장자리에 도달했고, 그곳에서 다시 멈춰 섰다. 전나무 아래 수풀 속에서 바스락거리는 소리가 분명히 들려왔다. 순록들이 일어났지만, 놀란 기색은 없었다. 그들은 그저 물을 마시고 풀을 뜯기 위해 자리를 떠나고 있는 중이었다. 쏘어는 소리가 나는 방향으로 다시 나아갔다. 이 소리에 이끌려 그는 숲의 가장자리에 도달했고, 그곳에서 서있었다. 쏘어는 잎에 의해 숨겨져 있었지만, 호수와 작은 초원을 볼 수 있는 위치에 있었다.

큰 수컷 순록이 먼저 나왔다. 그 순록의 뿔은 반쯤 자라 있었고, 부드러운 피부로 덮여 있었다. 두 살의 순록이 따라왔는데, 일몰 속에서 둥글고 윤기 나며 갈색 벨벳처럼 반짝였다. 수컷 순록은 2분 동안 시각, 청각과 후각을 총동원해 위험 신호를 찾으며 경계한 채 서 있었다. 그의 뒤를 바짝 따라오던 더 어린 순록은 덜 경계하며 풀을 조금씩 뜯어먹었다. 그때, 어깨 너머로 뿔이 휘어질 때까지 머리를 숙인 나이 든 수컷 순록은 저녁 물을 마시기 위해, 호수를 향해 천천히 나아갔다. 두 살 순록이 따라갔고, 쏘어는 은신처에서 조용히 나왔다.

잠시 동안 쏘어는 마음을 다잡고 나서 출발했다. 그와 순록 사이에는 50피트 (약 15m)의 거리가 있었다. 순록들이 그의 소리를 들었을 때, 그는 거대한 구르는 공처럼 그 거리의 절반을 이미 간 상태였다. 순록들은 쏜살같이 떠났지만, 너무 늦었다. 쏘어를 따돌리려면 빠른 말을 타야 했을 것이다. 그는 이미 추진력을 얻은 상태였다. 그는 바람처럼 두 살인 순록의 측면에 다가갔고, 한쪽을 조금 흔든 다음, 명백한 노력 없이—여전히 거대한 공처럼—안쪽으로 뛰어올랐고, 그 짧은 경주는 끝이 났다.

쏘어의 거대한 오른쪽 앞다리가 두 살 순록의 어깨 위를 휘둘렀다. 그들이 아래로 내려갔을 때, 그의 왼발이 마치 거대한 인간의 손처럼 그 순록의 주둥이를 움켜잡았다. 그는 항상 계획대로 아래로 파고들었다. 그는 희생된 순록을 몸으로 눌러 질식시키지 않았다. 그가 뒷다리들 중 하나를 단 한 번 구부리고, 다시 펼쳤을 때, 뒷다리에 있던 날카로운 발톱들이 그 순록의 내장을 파냈다. 그 뿐만 아니라, 그의 발톱들은 순록의 갈비뼈를 마치 나무처럼 비틀어 부러뜨렸다. 그런 다음 그는 일어나서 주변을 살펴보며, 으르렁거리는 소리를 내며 몸을 흔들었다. 이는 승리의 포효였거나, 머스크와를 향연에 초대하는 포효였을지도 모른다.

만약 쏘어의 포효 소리가 머스크와를 초대한 것이었다면, 몸집이 작고 햇볕에 얼굴이 탄 그 새끼 곰은 잠시도 기다리지 않았을 것이다. 처음으로 머스크와는 고기의 따뜻한 피를 냄새 맡았고 맛보았다. 그리고 이 냄새와 맛은 마치 몇 년 전 쏘어에게 그랬던 것처럼, 머스크와의 삶에서 심리적으로 중요한 순간에 찾아왔다.

모든 그리즐리 곰이 큰 사냥감을 잡는 것은 아니다. 사실상, 그리즐리 곰들 중 극소수만 그렇다. 대부분의 그리즐리 곰들은 주로 채식을 먹으면서, 땅다람쥐, 휘파람 소리를 내는 마멋과 호저와 같은 작은 동물들의 고기도 섭취했다. 때때로 기회가 생기면 그리즐리 곰은 순록, 염소, 양, 사슴과 심지어는 무스를 사냥한다. 쏘어도 그러했다. 비록 머스크와는 검은색 곰이고 그리즐리 곰이 아니지만, 장차 머스크와도 기회가 되면, 큰 사냥감을 사냥할 것이다.

쏘어와 머스크와는 한 시간 동안 식사를 했다. 그들은 배고픈 개들처럼 게걸스럽게 먹는 것이 아니라, 미식가처럼 느긋하고 만족스럽게 음식을 즐기며 먹었다. 작은 배를 바닥에 댄 채 납작 엎드린 머스크와는 쏘어의 거대한 앞발 사이에 자리 잡아, 순록의 피를 핥았고, 부드러운 고기를 작은 이빨로 으깨면서, 새끼 고양이처럼 으르렁거렸다. 쏘어는 속을 *비위* 가구 한 점 없는 방처럼 텅 비게 만들었음에도 불구하고, 먹이를 찾으러 나설 때마다 늘 그랬듯, 가장 맛있는 부위부터 먼저 찾아 나섰다. 그는 신장과 내장 주위에 붙은 얇은 지방 덩어리를 뽑아내어, 끈처럼 길게 이어진 지방 덩어리를 우적우적 씹었고, 그의 눈은 반쯤 감겨 있었다.

산에서 태양의 마지막 빛이 사라졌고, 황혼이 지나자 어둠이 재빠르게 뒤따랐다. 그들이 식사를 마쳤을 때는 어두웠고, 작은 머스크와는 키만큼 옆이 불룩해졌다. 쏘어는 자연의 가장 위대한 보호자였다. 그는 먹을 수 있는 좋은 것이라면 무엇이든 낭비하지 않았다. 현재 시점에서, 만약 나이 든 수컷 순록이 의도적으로 그의 영역 안으로 걸어 들어왔더라도, 쏘어는 아마도 그 순록을 죽이지 않았을 것이다. 그는 이미 먹이를 가지고 있었고, 그의 일은 그 먹이를 안전한 곳에 저장하는 것이었다.

쏘어는 발삼 전나무 덤불로 돌아갔지만, 배불리 먹은 새끼 곰은 이제 쏘어를 따라가려 하지 않았다. 머스크와는 매우 만족했고, 쏘어가 그 고기를 두고 갈 리 없다고 생각했다. 십 분 후 쏘어가 돌아오면서, 머스크와는 직감이 맞았음을 확인했다. 쏘어는 커다란 턱으로 순록의 목 뒷부분을 물고, 몸을 약간 비스듬히 틀더니, 마치 개가 10파운드(약 4.5kg)의 베이컨 조각을 질질 끌 듯, 순록의 사체를 숲 쪽으로 끌기 시작했다. 그 어린 수컷 순록의 무게는 아마 400파운드 (약 181kg)에 달했을 것이다. 설령 그것이 800파운드 (약 363kg), 또는 심지어 1000파운드 (약 454kg)에 달했더라도, 쏘어는 여전히 그 사체를 끌었을 것이다. 그러나 그 사체가 그 정도로 무거웠다면, 그는 곧장 몸을 돌려 *뒤로* 걸으며 사체를 끌었을 것이다.

　발삼 전나무의 가장자리에서, 쏘어는 땅속에 움푹 들어간 곳을 이미 찾아놓았다. 쏘어는 이곳에 순록 사체를 밀어 넣었고, 머스크와가 커지는 관심을 가지고 지켜보는 동안에, 쏘어는 건조한 침엽들, 나뭇가지들, 썩어가는 통나무 밑동과 통나무로 사체를 계속 덮었다. 그는 다른 곰들에게 경고하려고 뒷발로 일어서 나무에 자신의 '흔적'을 남기지 않았다. 그는 잠시 코로 냄새를 맡으며 주변을 조사한 후, 숲을 떠났다.

　머스크와는 이제 쏘어를 따라갔다. 머스크와는 늘어난 체중 탓에 제대로 나아가는 데 어려움을 겪었다. 별들이 하늘을 채우기 시작했고, 이 별들 아래에서 쏘어는 산꼭대기로 이어지는 가파르고 바위투성이의 비탈을 곧장 올라갔다. 쏘어는 머스크와가 한 번도 올라본 적 없는 높이까지 계속해서 올라갔다. 두 곰은 눈이 덮인 지역을 건너고 나서, 마치 화산이 산의 중심부를 파열한 듯 보이는 장소에 이르렀다. 사람은 쏘어가 머스크와를 이끈 그곳을 좀처럼 지나갈 수 없었을 것이다.

　마침내 쏘어는 멈추었다. 그는 좁은 바위 턱 위에 있었고, 그의 뒤에는 수직의 바위 절벽이 있었다. 그의 아래에는 갈라진 바위와 이판암이 뒤엉킨 혼돈의 지형이 경사져 내려가 있었다. 골짜기에서 먼 아래에 검고 깊은 구덩이가 있었다. 그는 누웠다. 다른 골짜기에서 부상을 입은 후 처음으로, 그는 거대한 앞다리들 사이로 머리를 쭉 내밀었고, 깊고 편안한 한숨을 내쉬었다. 머스크와는 쏘어에게 조용히 다가갔고, 매우 가까워져서 쏘어의 체온이 그를 따뜻하게 해주었다. 그들은 배가 부른 채, 깊고 평화로운 잠을 함께 잤다. 그들 위로 별들이 점점 밝아지는 동안에, 달이 산봉우리들과 골짜기를 금빛 광채로 비추기 위해 떠올랐다.

7장

짐과 브루스는 쏘어가 진흙 웅덩이를 떠난 날의 오후에, 산 정상에서 서쪽 골짜기로 향했다. 브루스가 세 마리의 말들을 데리러 되돌아갔고, 짐이 높은 산맥 위에서 망원경을 통해 주변 지역을 철저히 조사하기 위해 혼자 남았을 때는 두 시였다. 브루스가 말들을 데리고 장비를 가지고 돌아온 후, 두 시간 동안 그들은 개울을 따라 천천히 걸었고, 쏘어는 그 개울 위쪽을 이동했었다. 그리고 그들이 밤에 야영을 했을 때, 그들은 쏘어가 머스크와를 만난 장소에서 여전히 2~3 마일 (약 3.2~4.8km) 떨어져 있었다. 그들은 아직 개울 바닥의 모래 속에서 쏘어의 발자국을 발견하지 못했다. 그러나 브루스는 확신했다. 그는 쏘어가 산비탈의 능선을 따라가고 있었음을 알았다.

브루스와 짐이 저녁을 먹고 느긋하게 앉아 파이프 담배를 피웠을 때, "만약 네가 이 지역을 떠나서 곰에 대해 글을 쓴다면, 대부분의 작가들처럼 너 자신을 바보로 만들지 마, 짐,"이라고 브루스가 말했다, "이 년 전에 나는 한 달 동안 동식물 학자를 데리고 나갔고, 그는 매우 기뻐서 곰과 야생 동식물에 관한 책들을 한 묶음 내게 보내주겠다고 말했지. 그는 정말로 그렇게 했어! 나는 그 책들을 읽었지. 난 처음에는 웃었고, 그 다음에는 화가 나서 그 책들을 불에 태웠어. 곰은 신기한 동물이야. 너 자신을 바보로 만들지 않고도 곰에 대해 말할 흥미로운 내용이 굉장히 많아. 분명히 있지!"

짐은 고개를 끄덕거렸다. "사냥꾼은 대형 사냥감을 추적하며 진정한 기쁨을 발견하기까지, 수 년을 계속 사냥하고 살생해야 해." 짐은 불 속을 들여다보며 천천히 말했다. "그리고 사냥꾼이 진정으로 기뻐하게 되고, 그 기쁨의 일부가 그의 마음과 영혼을 사로잡게 될 때, 그는 결국 큰 흥분이 사냥을 하는 데 있는 게 아니라, 사냥감을 살려두는 데 있다는 것을 깨닫게 돼. 나는 이 그리즐리 곰을 원하고, 곰을 잡을 거야. 나는 그 곰을 잡기 전까지 산을 떠나지 않을 거야. 한편으로는, 오늘 우리가 다른 곰 두 마리를 잡을 수도 있었지만, 나는 총을 한 발도 쏘지 않았어. 나는 사냥을 배우고 있는 중이야, 브루스. 나는 사냥의 진정한 기쁨을 맛보는 것을 시작하고 있어. 그리고 사냥꾼이 올바른 방식으로 사냥을 하면, 그 사냥꾼은 진상을 깨닫게 돼. 너는 걱정할 필요 없어. 나는 내가 쓰는 글에 사실만 적을 거야." 갑자기 짐은 몸을 돌려 브루스를 쳐다보았다.

"그 책들 속 네가 읽은 '어리석은 것들' 중 일부가 뭐였어?" 짐이 물었다. 브루스가 생각에 잠겨 담배 연기를 내뿜었다. "나를 가장 화나게 한 것은," 브루스가 말했다, "그 작가 녀석들이 곰이 '흔적'을 남긴다고 말한 거야. 맙소사, 그들이 말한 바에 따르면, 곰이 해야 하는 일의 전부는 몸을 쭉 펴서, 나무에 흔적을 남기고, 더 큰 곰이 나타나서 자기를 이기기 전까지, 그 영역을 자기 것으로 여기는 거래. 어떤 책에서 내가 기억하는 것은, 그리즐리 곰이 통나무 위에 서서 또 다른 그리즐리 곰의 흔적 위에 자신의 흔적을 남길 수 있도록, 통나무를 굴려서 나무 아래에 놓았다는 거야. 그것을 생각해봐!"

"곰이 남기는 흔적 중에 특별한 의미가 있는 것은 없어. 나는 그리즐리 곰이 나무를 물어뜯어 두꺼운 조각을 떼어내고, 고양이처럼 나무를 할퀴듯 긁는 것을 본 적이 있어. 여름철이 되면 곰들은 가렵고 털이 빠지기 시작하고, 서서 나무에 기대 몸을 문지르기도 하지. 그들은 가려워서 몸을 문지르는 것이지, 다른 곰들에게 명함을 남기려고 그러는 것이 아니야. 순록, 무스와 사슴도 녹용 껍질을 벗기려고 똑같이 나무에 몸을 문지르거든."

"그 작가들은 모든 그리즐리 곰이 자신만의 영역을 가지고 있다고 똑같이 생각하는데, 그리즐리 곰들은 그렇지 않아. 그리즐리 곰들은 절대 그렇지 않다고! 나는 같은 산 경사면에서 여덟 마리의 다 큰 그리즐리 곰들이 먹이를 먹고 있는 것을 봤어. 너 기억하지, 이 년 전에 1마일 (약 1.6km)도 되지 않는 작은 계곡에서, 우리가 네 마리의 그리즐리 곰들을 쐈지. 우리가 쫓는 이 그리즐리 곰처럼, 가끔씩 그리즐리 곰들 중에 우두머리가 있는 경우도 있지만, 그 그리즐리 곰조차도 자신의 영역을 혼자 차지하지 않아. 나는 이 두 계곡에 스무 마리의 다른 곰들이 있다고 확신해! 그리고 2년 전에 나와 함께 있었던 그 동식물 연구자는 그리즐리 곰의 발자국과 흑곰의 발자국을 구별 못했어. 그리고 맹세코 그는 적갈색 곰이 무엇인지 몰랐을 거야!"

브루스가 입에서 파이프를 떼고, 호전적으로 불에 침을 뱉었다. 그리고 짐은 다른 이야기들이 나올 것임을 알았다. 짐에게 가장 재미있는 시간은 보통 과묵한 브루스가 이런 분위기에 빠질 때였다. "적갈색 곰!" 브루스가 화난 목소리로 말했다. "그것을 생각 좀 해봐, 짐. 그 동식물 연구자는 '적갈색 곰'이라는 곰이 실제로 존재한다고 믿었어! 내가 그런 곰은 없고, 당신이 책에서 읽은 '적갈색 곰'이란 적갈색 털을 가진 흑곰이나 그리즐리 곰일 뿐이라고 그에게 말해줬더니, 그가 나를 비웃더라니까. 그런데 나는 곰들 사이에서 태어나고 자란 사람이란 말이지! 내가 곰 색깔에 대해 그에게 얘기하자, 그는 눈이 완전히 휘둥그레지더니, 내가 자기에게 헛소리를 하고 있다고 생각 했어. 아마 그래서 그가 나에게 그 책들을 보낸 것일지도 몰라. 그는 자기가 옳았다는 것을 나에게 보여주고 싶었던 것이지."

"짐, 곰보다 더 많은 색깔을 가진 동물은 세상에 없어! 나는 눈처럼 하얀 털을 지닌 흑곰도 본 적이 있고, 흑곰처럼 검정색에 가까운 그리즐리 곰도 본 적이 있어. 나는 적갈색 털을 지닌 흑곰도 본 적이 있고, 적갈색 털을 가진 그리즐리 곰도 본 적이 있어. 그리고 나는 흑곰과 그리즐리 곰인데 갈색, 금색, 노란색에 가까운 색의 털을 지닌 곰을 본 적이 있어. 곰들은 특성과 먹는 방식이 다양한 만큼 색깔도 다양해."

"나는 대부분의 동식물 연구자들이 밖에 나가서, 한 마리의 그리즐리 곰을 알게 되고 나서, 그 그리즐리 곰의 이야기를 모든 그리즐리 곰의 이야기로 일반화해서 글을 쓴다고 생각해. 그렇다면, 그것은 그리즐리 곰들에게 아주 불공평한 일이지! 모든 책들에는 그리즐리 곰이 살아있는 동물 중 가장 사납고 사람을 잡아먹는 놈이라고 적혀 있더라고. 하지만 그리즐리 곰은 네가 궁지에 몰아넣지 않는다면 그러지 않아. 그리즐리 곰은 아이처럼 호기심이 많고, 네가 괴롭히지 않으면, 착한 성격을 가졌어. 그들은 대부분 채식을 먹지만, 일부는 그렇지 않아. 나는 염소, 양과 순록을 쓰러뜨리는 그리즐리 곰을 본 적이 있고, 그 동물들과 함께 같은 경사면에서 먹이를 먹으면서도, 그 동물들 쪽으로 결코 이동하지 않는 다른 그리즐리 곰들을 본 적이 있어. 그리즐리 곰들은 호기심이 많아, 짐. 네가 어리석은 말을 하지 않고도 곰들에 대해 말할 수 있는 것이 많아!"

브루스는 마지막 말을 강조하면서, 파이프에서 담뱃재를 털어냈다. 브루스가 새 담배로 파이프를 다시 채우자, 짐이 말했다: "너는 우리가 쫓고 있는 이 큰 곰이 사냥감을 죽인다고 판단할 수 있어, 브루스."

"너는 알 수 없어," 브루스가 대답했다. "크기로 항상 알 수 있는 것은 아니야. 나는 예전에 개보다 훨씬 크지 않은 그리즐리 곰 한 마리를 알았는

데, 그 곰이 사냥감을 죽이더라고. 수백 마리의 동물들이 매년 겨울에 이 산속에서 얼어 죽고, 봄이 오면 곰들이 그 사체를 먹지. 하지만 썩은 고기를 먹는다고 해서 곰이 사냥감을 죽이는 동물이 되는 것은 아니야. 가끔은 살생 본능을 지닌 그리즐리 곰도 있고, 가끔 그 곰은 우연히 죽이게 되지. 만약 그 곰이 한 번 사냥감을 죽이면, 다시 죽일 거야."

"한때 내가 산의 한 경사면에 있었을 때, 나는 그리즐리 곰 앞으로 똑바로 걸어가는 염소 한 마리를 보았어. 그 곰은 움직이지 않으려 했지만, 염소가 너무 겁에 질려 나이 든 곰에게 갑자기 부딪쳤고, 곰은 염소를 죽였어. 그 후로 십 분 동안 곰은 몹시 놀란 기색을 보였고, 사체를 찢어 열기 전 30분 동안, 따뜻한 사체 주위에 코를 갖다 대고 냄새를 맡았어. 그것은 그 곰이 살아있는 사냥감을 처음 맛본 순간이었어. 나는 그 곰을 죽이지 않았고, 그 곰이 그날 이후로 계속 큰 사냥감을 사냥하게 되었다고 확신해.

"나는 동물의 크기와 큰 동물을 사냥하는 것 사이에 연관이 있다고 생각해,"라고 짐이 주장했다. "내 생각에는 고기를 먹는 곰이 채식을 먹는 곰보다 더 크고 강할 것 같아. "그것이 네가 쓰고 싶어하는 신기한 것들 중 하나구나," 브루스가 별나게 낄낄거리며 웃으면서 대답했다. "왜 곰은 9월에 산딸기, 개미와 땅벌레만 먹고 다른 것은 별로 먹지 않는데도, 매우 뚱뚱해져서 산책하기도 힘들어질까? 너는 야생 열매를 먹고서 살이 찔 것 같아?" "그리고 왜 곰은 4~5개월 동안 동굴에 틀어박혀 세상과 단절된 채로, 먹지도 마시지도 않으면서도 그렇게 빨리 자라는 걸까?" "왜 어미 곰은 아직 잠든 상태라고 할 수 있는 한 달, 때로는 두 달 동안 새끼 곰에게 젖을 주는 것일까? 새끼들이 태어날 때 어미 곰의 겨울잠은 2/3가 조금 지난 상태였어." "그리고 왜 새끼 곰들이 더 크지 않은 거지? 내가 그리즐리 곰 새끼는 태어날 때, 집에서 기르는 새끼 고양이보다 별로 크지 않다고 말했더니, 그 동식물 연구자는 웃다가 터질 것 같았어!"

"그 동식물 연구자는 배우려 하지 않는 몇몇 바보들 중 하나였지만, 너는 그를 전적으로 비난할 수는 없어,"라고 짐이 말했다. "4년 전 또는 5년 전에는 나는 그것을 믿지 않았을 거야, 브루스. 나는 애서배스카 강 (Athabasca) 위쪽에서 그 새끼 곰들을 찾아내기 전까지는, 사실 그것을 믿을 수 없었어. 곰 한 마리의 무게는 11온스 (약 312g)였고 나머지 한 마리의 무게는 9온스 (약 255g)였지. 너 기억나?"

"그리고 그 새끼 곰들은 태어난 지 일주일 됐었지, 짐. 그리고 어미 곰은 무게가 800파운드 (약 363kg)였어." 잠시 동안 브루스와 짐은 모두 말없이 파이프를 피웠다. "거의—상상도 못 할 일이야," 그때 짐이 말했다. "하지만 그것은 사실이지. 그리고 그것은 자연의 이상한 현상이 아니야, 브루스. 그것은 단지 자연이 멀리 내다본 결과일 뿐이야. 만약 그 새끼 곰들이 집에서 기르는 새끼 고양이만큼 비교적 컸다면, 어미 곰은 자신이 아무것도 먹지도 마시지도 못하는 몇 주 동안 새끼 곰들을 기를 수 없었을 거야. 그런데 이 계획에는 단 한 가지 허점이 있는 것 같아. 보통 흑곰은 그리즐리 곰보다 몸집이 절반 정도밖에 안 되는데, 태어날 때는 흑곰 새끼가 그리즐리 곰 새끼보다 훨씬 더 크거든. 이제 그게 도대체 왜 그런지—"

브루스는 상냥하게 웃으며 친구의 말을 가로막았다. "그것은 쉽지. 쉬워, 짐!" 브루스가 외쳤다. "너는 우리가 작년에 골짜기에서 딸기를 따고, 두 시간 뒤에 산 위 높은 곳에서 눈덩이를 던졌던 거 기억나? 네가 산을 더 높이 오를수록 기온이 내려가잖아, 그렇지? 지금이 7월 첫날인데, 몇몇 봉우리에서 너는 추위로 거의 얼 지경이야! 그리즐리 곰은 높은 곳에 굴을 파고, 짐, 흑곰은 낮은 곳에 굴을 파. 그리즐리 곰이 사는 높은 굴에는 눈이 4피트 (약 1.2m)나 쌓여 있을 때도, 흑곰은 여전히 깊은 골짜기와 울창한 숲에서 먹이를 찾을 수 있어. 흑곰은 그리즐리 곰보다 일주일이나 이 주일쯤 더 늦게 겨울잠을 자고, 봄에는 일주일이나 이 주일 더 일찍 깨어나. 흑곰은 겨울잠을 자러 굴로 들어갈 때는 더 살이 쪄 있고, 굴에서 나올 때는 그렇게 야위지 않아. 그러니 어미 곰이 새끼들에게 줄 힘도 더 많지. 나는 그렇게 생각해."

"핵심을 찌르네, 네 말이 틀림없어!"라고 짐이 열정적으로 외쳤다. "브루스, 나는 그런 생각을 전혀 못 했어!" "네가 우연히 그것들을 발견하기 전까지 생각 못 하는 것들이 꽤 많지,"라고 산악인 브루스가 말했다. "그것이 바로 네가 아까 말한 거야. 그런 것들이 사냥을 멋진 스포츠로 만들어 주지. 네가 사냥이 항상 죽이는 것만은 아니고, 오히려 살려주는 일이라는 걸 깨닫게 되었을 때 말이야. 어느 날 나는 산꼭대기에 누워 노는 양 떼를 일곱 시간 동안 지켜봤는데, 양 떼를 다 잡은 것보다 더 즐거웠어."

브루스는 자리에서 일어서서 몸을 뻗었다. 이것은 저녁을 먹은 후의 활동이었는데, 항상 자러 간다고 말하기 전에 하던 일이었다. "내일은 날씨가 맑대," 브루스가 하품을 하며 말했다. "산봉우리 위의 눈이 얼마나 하얀지 봐."

"브루스—"

"뭐?"

"우리가 쫓고 있는 이 곰이 얼마나 무겁지?"

"1200 파운드 (약 544kg)—어쩌면 좀 더 나갈지도 몰라. 나는 너처럼 그 곰을 그렇게 가까이서 보는 즐거움은 못 누렸어, 짐. 만약 내가 그랬다면, 우리는 지금 곰 가죽을 말리고 있을 거야!"

"그리고 그 곰은 한창때지?"

"내 생각에는 그 곰이 산비탈을 올라가는 방식을 보면, 여덟 살에서 열두 살 사이일 것 같아. 나이 든 곰은 그렇게 쉽게 나아가지 못해."

"너는 꽤 나이 든 곰들과 마주친 적이 있지, 브루스?"

"너무 나이가 들어서 몇몇 곰들은 목발을 필요로 했어,"라고 브루스가 부츠 끈을 풀며 말했다. "너무 나이가 많아서 이빨을 잃은 곰들을 나는 쏴 본 적이 있어."

"몇 살이었는데?"

"서른 살, 서른다섯 살, 어쩌면 마흔 살. 잘 자, 짐!"

"잘 자, 브루스!"

짐은 폭우에 의해 몇 시간 후 잠에서 깨었다. 그는 담요 밖으로 나와 브루스에게 고함을 질렀다. 그들은 원뿔형 천막을 세우지 않은 상태였다. 잠시 후 짐은 그들의 어리석은 행동을 비난하는 브루스의 목소리를 들었다. 그날 밤은 강렬한 번개가 번쩍일 때를 제외하고는 동굴처럼 깜깜했고, 산에서는 깊은 천둥소리가 울려 퍼졌다.

흠뻑 젖은 담요에서 벗어나 짐이 일어섰다. 번개가 번쩍이면서 브루스가 담요 속에 앉아 있는 모습이 드러났다. 길고 여윈 얼굴 위 축 늘어진 머리카락에서 물이 떨어졌고, 짐은 그 모습을 보자마자 웃음을 터뜨렸다. "내일은 날씨가 맑다더니," 짐이 몇 시간 전 브루스의 말을 다시 말하며 빈정거렸다. "산봉우리 위에 눈이 얼마나 하얀지 봐!" 브루스가 말한 것은 무엇이든 요란한 천둥소리에 묻혔다.

짐은 또 다른 번개가 번쩍이는 것을 기다린 다음, 무성한 발삼 전나무 밑으로 뛰어들어갔다. 나무 아래에서 짐은 5분 내지 10분 동안 쭈그리고 앉아 있었고, 그때 비가 갑자기 시작되었던 것처럼 갑자기 멈추었다. 천둥은 울리면서 남쪽으로 지나갔고, 번개도 천둥을 따라갔다. 어둠 속에서 짐은 브루스가 근처 어딘가에서 뭔가를 더듬는 소리를 들었다. 그때 성냥이 켜졌고, 짐은 브루스가 손목시계를 보는 것을 바라보았다.

"거의 세 시야," 브루스가 말했다. "멋진 소나기였지, 안 그래?"

"난 소나기를 어느 정도는 예상했어," 짐이 태평하게 대답했다. "있잖아, 브루스, 산봉우리 위에 눈이 저렇게 하얄 때는 언제나—"

"조용히 하고—불부터 피우자! 우리가 판단을 잘 해서 담요로 음식을 덮어놔서 다행이지. 너 젖었냐?"

짐은 머리카락에서 물을 짜고 있었다. 그는 마치 물에 빠진 쥐가 된 기분이었다. "아니야. 나는 울창한 발삼 전나무 아래에 피신해 있었고, 폭우에 미리 대비했어. 네가 산봉우리 위 눈이 하얗다고 말했을 때, 난 눈치챘지—"

"눈은 잊어," 브루스가 퉁명스럽게 말했다. 짐은 그가 가문비나무 아래에서 송진이 많이 묻은 마른 잔가지를 꺾는 소리를 들을 수 있었다. 짐은 브루스를 도와주러 갔고, 5분 후에 그들은 불을 피웠다. 불빛이 그들의 얼굴을 비추었고, 각자는 상대가 불행하지 않음을 알았다. 브루스는 머리카락이 흠뻑 젖은 채로 방긋 웃고 있었다. "나는 폭우가 왔을 때 곯아떨어져 있었어," 브루스가 말했다. "그리고 나는 호수에 빠진 상태라고 생각했어. 나는 수영을 하기 위해 애쓰며 잠에서 깼어."

브리티시 컬럼비아 (British Columbia) 산 북부에서 7월 초 새벽 3시에 내리는 비는 예상만큼 따뜻하지 않았고, 한 시간의 대부분 동안 짐과 브루스는 연료를 모으고 담요와 옷을 말리는 작업을 계속했다. 그들은 새벽 다섯 시가 되서야 아침을 먹었고, 새벽 여섯 시가 조금 지난 후에, 두 개의 안장과 하나의 꾸러미를 가지고 계곡 위로 올라가기 시작했다. 브루스는 천둥을 동반한 소나기가 지나간 뒤에 화창한 날씨가 올 것이라는 자신의 예측이 실현되었음을 짐에게 상기시키며 만족했다.

짐과 브루스 아래로 초원은 촉촉이 젖어 있었다. 계곡에는 불어난 시냇물의 소리가 더 크고 부드럽게 울려 퍼졌고, 산봉우리에는 어젯밤 내린 눈의 절반이 이미 사라져 있었다. 짐의 눈에는 꽃들이 더 키가 크고, 더욱 아름답게 보였다. 계곡을 떠다니는 공기에는 아침의 달콤함과 신선함이 실려 있었고, 그 모든 것을 감싸 안듯, 햇살이 따뜻한 황금빛 바다처럼 퍼져 나갔다.

브루스와 짐은 곰 발자국을 찾기 위해 지나간 모든 모래 구간을 살펴보려고, 안장 위에서 몸을 구부리며 개울 바닥 위쪽으로 향했다. 브루스가 갑자기 외치며 멈췄을 때, 그들은 1/4마일 (약 402m)도 가지 않았다. 브루스는 쏘어가 남긴 거대한 발자국 하나가 있던 모래의 둥근 부분을 가리켰다. 짐은 말에서 내려 발자국의 크기를 재었다.

"그 곰이야!" 짐이 외쳤고, 그의 목소리는 흥분으로 떨리고 있었다. "브루스, 우리 말들 없이 가는 게 낫지 않을까?" 산악인 브루스는 고개를 가로저었다. 그러나 의견을 말하기 전에 그는 말에서 내려, 긴 망원경으로 그들 앞에 있는 산의 측면을 살폈다. 짐은 사냥용 쌍안경을 사용했다. 그들은 아무것도 발견하지 못했다. "그 곰은 여전히 개울 바닥에 있고, 아마 3마일 (약 4.8km) 내지 4마일 (약 6.4km) 앞에 있을 거야," 브루스가 말했다. "우리는 말을 타고 2마일 (약 3.2km)을 가서 말을 위한 좋은 장소를 찾을 거야. 그때 풀과 덤불은 건조할 거야."

쏘어가 개울 가까이에서 배회했기 때문에, 이후에 그의 경로를 쫓아가는 것은 쉬웠다. 그리즐리 곰이 얼굴이 햇볕에 탄 새끼 곰을 만난 거대한 바위 덩어리에서 300야드 (274m) 내지 400야드 (366m) 이내에, 풀로 덮인 움푹 팬 곳의 중심에 작은 가문비나무숲이 있었고, 여기에서 사냥꾼 짐과 브루스는 말에서 짐과 안장을 풀고, 말의 두 다리를 묶었다. 20분 후에 그들은 쏘어와 머스크와가 친해진 부드러운 모래가 깔린 곳에 조심스럽게 도달했다. 폭우가 새끼 곰의 작은 발자국을 지웠지만, 그 모래는 그 그리즐리 곰의 여러 발자국으로 패어 있었다. 짐꾼 브루스의 이빨이 짐을 보았을 때 반짝 빛났다.

"그 곰은 멀리 안 갔어," 브루스가 속삭였다. "곰은 꽤 가까운 곳에서 밤을 보냈고, 지금 우리 바로 앞을 지나가고 있을지도 몰라." 브루스가 손가락을 적시고 바람의 방향을 알아내기 위해 머리 위에 손가락을 두었다. 그가 의미심장하게 고개를 끄덕였다. "우리는 산비탈로 올라가는 게 좋겠어," 그가 말했다. 짐과 브루스는 준비한 총을 들고 바위 끝을 돌아, 첫 번째 경사면을 쉽게 오를 수 있는 작은 계곡으로 향했다. 이곳 입구에서 둘 다 다시 멈췄다. 계곡 바닥은 모래로 덮여 있었고, 그 모래 속에 또 다른 곰의 발자국들이 있었다. 브루스는 무릎을 꿇었다.

"또 다른 그리즐리 곰의 발자국이야,"라고 짐이 말했다.

"아냐, 그것은 그리즐리 곰이 아니야, 그것은 흑곰이야,"라고 브루스가 말했다. "짐, 내가 여태껏 흑곰 발자국과 그리즐리 곰 발자국의 차이를 너에게 가르쳐 주지 않았니? 이것이 뒷발인데, 뒤꿈치가 둥글어. 그리즐리 곰이라면 뒤꿈치가 뾰족하겠지. 그리고 그것은 그리즐리 곰에 비해서 너무 넓고 둥글고, 발의 길이에 비해서 발톱이 너무 길어. 네 얼굴에 있는 코처럼 분명히 그것은 흑곰 발자국이야!"

"그리고 곰이 우리의 방향으로 가고 있어,"라고 짐이 말했다. "어서 가자!" 그 곰은 협곡을 따라 200야드 (약 183m) 올라가서, 경사면 위에 올라와 있었다. 짐과 브루스는 따라갔다. 무성한 풀과 단단한 이판암이 있는 산비탈의 첫 번째 정상에서 발자국은 빠르게 사라졌지만, 그 사냥꾼들은 이제 이 발자국에 별로 관심을 두지 않았다. 그들이 여행하고 있는 고도에서, 그들은 아래쪽의 멋진 경관을 내려다보았다.

브루스는 개울 바닥에서 시선을 한 번도 떼지 않았다. 그는 그들이 그리즐리 곰을 찾을 곳이 저쪽 아래에 있다는 것을 알았고, 지금 이 순간에 그는 다른 것에는 관심이 없었다. 한편, 짐은 그들 주변에 살거나 돌아다닐 모든 것에 관심이 있었다. 모든 바위 덩어리와 가시덤불은 짐에게 가능성을 지니고 있었고, 짐의 눈은 그들의 당면한 경로뿐만 아니라 더 높은 산등성이와 봉우리들을 살펴보고 있었다. 그것은 짐이 브루스의 팔을 갑자기 잡고 땅에 있는 자기 옆으로 브루스를 끌어당길 무언가를 보았기 때문이었다. "봐!" 짐이 한 쪽 팔을 뻗으며 속삭였다.

무릎을 꿇은 채로 브루스는 응시했다. 그는 놀라서 눈이 휘둥그레졌다. 그들 위 30피트 (약 9m) 이하 높이에 잡동사니를 담은 상자같이 생긴 큰 바위가 있었고, 이 바위의 더 뒤쪽에서 곰의 뒷모습 절반이 튀어나와 있었다. 그것은 검은색 곰이었고, 곰의 윤기나는 털이 햇빛에 반짝이고 있었다. 브루스는 30초 내내 계속 응시했다. 그리고 나서 그는 방긋 웃었다.

"자고 있어—곯아떨어졌다고! 짐—너는 재미있는 것을 보고 싶어?" 브루스는 권총을 내려놓고 긴 사냥용 칼을 꺼냈다. 그는 칼의 날카로운 끝을 만지면서 조용히 웃었다. "네가 곰이 뛰는 것을 한 번도 보지 못했다면, 너는 지금 곰이 뛰는 것을 보게 될 거야, 짐! 너 여기 있어!" 브루스는 바위를 향해 산비탈을 천천히 그리고 조용히 기어 올라가기 시작했다. 그동안 짐은 곧 일어날 일을 기대하며 숨을 죽였다. 브루스는 두 번 뒤를 돌아보았고, 활짝 웃고 있었다. 틀림없이 곧 깜짝 놀란 곰 한 마리가 로키산맥 꼭대기를 향해 전속력으로 달릴 판이었다. 이 생각과 발걸음마다 위로 꿈틀대며 나아가는 브루스의 길고 호리호리한 모습 사이에서, 짐은 상황의 우스꽝스러움을 느꼈다.

마침내 브루스가 바위에 도착했다. 긴 칼날이 햇빛에 번쩍였다. 그때 칼이 앞으로 튀어 나가며, 0.5인치 (약 1.3cm) 깊이로 곰의 엉덩이에 박혔다. 그 후 30초 동안 일어난 일을 짐은 결코 잊지 못할 것이다. 그 곰은 조금도 움직이지 않았다. 브루스는 다시 곰을 세게 찔렀다. 여전히 곰은 움직이지 않았다. 칼을 두 번째 찔렀을 때, 브루스는 웅크린 채 기대고 있던 바위처럼 미동도 하지 않았고, 입을 크게 벌린 채 그는 짐을 내려다보았다. "자, 이제 너는 곰에 대해 어떻게 생각하냐?" 브루스가 말하며, 천천히 일어섰다. "곰은 자는 게 아냐—죽은 거야!"

짐이 브루스에게 달려갔고, 그들은 바위 끝을 돌아갔다. 브루스는 손에 여전히 칼을 쥔 채, 기이한 표정을 지으며 말없이 잠시 서 있었다. 그의 미간에는 근심 어린 주름이 자리 잡고 있었다. "나는 그런 곰은 처음 봐," 브루스가 칼을 칼집에 천천히 넣으며 말했다. "그 곰은 암곰이고, 새끼들을 낳았지. 곰의 상태로 보아, 아주 어린 새끼들이었을 거야."

"암곰은 마멋을 쫓고 있었고, 바위 밑에 구멍을 팠어," 짐이 덧붙였다. "곰은 바위에 눌려 죽었지, 그렇지, 브루스?"

브루스가 고개를 끄덕였다. "나는 그런 것은 처음 봐." 브루스가 다시 말했다. "곰들이 바위 밑을 그렇게 파는데도 왜 안 죽는지 난 궁금했거든. 그런데 그렇게 죽은 것은 처음 보는 거야. 새끼 곰들은 어디에 있을까? 불쌍한 꼬맹이들!" 브루스가 죽은 어미 곰의 젖꼭지를 살펴보려고 무릎을 꿇었다. "곰은 새끼를 두 마리나, 어쩌면 한 마리를 낳았을 거야," 브루스가 일어서며 말했다. "약 생후 3개월쯤 됐을 거야."

"그러면 새끼 곰들은 굶어 죽은 거야?"

"만약 새끼 곰이 한 마리만 있었다면, 아마 그 곰은 굶어 죽었을 거야. 그 작은 녀석은 너무 많은 젖을 먹어서, 스스로 먹이를 찾아다닐 필요가 없었지. 새끼 곰은 갓난아기와 상당히 비슷하지—너는 새끼 곰에게서 젖을 일찍 떼도 되고, 또는 이유식 같은 것으로 새끼 곰을 어느 정도 키울 수도 있어. 그리고 이것이 새끼들을 혼자 두고 떠난 결과야," 브루스가 설교하듯 말했다. "만약 네가 결혼을 하게 되면, 짐, 아내가 아이들을 두고 떠나지 않게 해야 돼. 가끔씩 아기들은 불에 타 죽거나 목이 부러져 죽기도 해!"

브루스는 다시 산비탈 꼭대기를 따라 발길을 돌리며, 그 계곡을 한 번 더 살펴보았다. 짐은 새끼 곰이 어떻게 되었는지 궁금해하며, 한 발 뒤에서 그를 따라갔다. 머스크와는 여전히 쏘어와 함께 바위 턱 위에서 잠을 자고 있었는데, 꿈속에 산비탈 위에 있는 바위 아래에 깔린 채 누워 있는 어미 곰이 나왔다. 머스크와는 꿈을 꾸며, 조용히 흐느끼는 듯한 소리를 냈다.

8장

쏘어와 머스크와가 누워 있던 바위 턱에 아침 햇살의 첫 빛이 닿았고, 해가 점점 높이 떠오르자 바위 턱은 점점 더 따뜻해졌다. 쏘어는 잠에서 깨어나 기지개만 켰을 뿐, 일어날 생각을 하지 않았다. 상처를 입고, 속을 *비웠고*, 골짜기에서 성대한 식사를 하고 나서, 그는 기분이 굉장히 좋고 편안했다. 그래서 그는 금빛 햇살이 가득한 이 자리를 당장 떠나려고 서두르지 않았다. 오랫동안 그는 머스크와를 신기한 듯이 계속 바라보았다. 밤의 냉기 속에서 그 작은 새끼 곰은 쏘어의 따뜻한 거대한 앞발 사이에 가까이 파고들었고, 여전히 그 자리에 누워 꿈을 꾸며, 아기처럼 우는 듯한 소리를 냈다.

그 후 쏘어는 이전에는 결코 하지 않았던 일을 했다. 그는 발 사이에 있는 그 부드러운 작은 공을 조용히 냄새 맡았고, 딱 한 번 큰 평평한 붉은 혀로 새끼 곰의 얼굴을 핥았다. 머스크와는 어쩌면 여전히 엄마를 생각하고 있었는지, 쏘어에게 더 가까이 파고들었다. 작은 백인 아이들이 그들을 죽이려던 야만인들의 마음을 얻은 것처럼, 머스크와는 쏘어의 삶 속으로 기묘하게 들어왔다. 그 큰 그리즐리 곰은 여전히 당혹스러웠다. 쏘어는 새끼 곰들에게 대체로 느끼는 알 수 없는 반감뿐만 아니라, 십 년 동안 혼자 지

내며 굳어진 습관과도 싸우고 있었다. 하지만 그는 머스크와가 곁에 있는 것이 꽤 유쾌하고 다정하다는 점을 깨닫기 시작했다.

 인간의 등장은 쏘어의 내면에 새로운 감정을 불러일으켰다—어쩌면 감정의 작은 불씨였을지도 모른다. 누구나 적이 생기고 위험에 직면하기 전에는, 우정의 진가를 온전히 깨닫지 못한다—그리고 이제 처음으로 진짜 적과 진짜 위험에 직면한 쏘어는, 우정이 무슨 의미인지 이해하기 시작했는지도 모른다. 게다가 짝짓기 철이 가까워지고 있었고, 머스크와의 몸에는 그의 어미의 냄새가 배어 있었다. 그래서 머스크와가 계속 햇볕을 쬐면서 꿈을 꿀 때, 쏘어의 만족감은 커져갔다. 쏘어는 밤새 내린 비에 젖어 반짝이는 골짜기 아래를 내려다보았다. 불만을 일으킬 만한 어떤 것도 그의 눈에 띄지 않았다. 그는 공기 냄새를 맡았는데, 공기에는 자라나는 풀, 꽃, 발삼 전나무와 구름에서 갓 떨어진 듯한 물에서 나는 오염되지 않은 달콤한 향이 가득했다.

 쏘어는 상처를 핥기 시작했고, 이 움직임이 머스크와를 깨웠다. 새끼 곰은 머리를 들어 태양을 보며 잠시 눈을 깜빡였다. 그리고 나서 작은 앞발로 졸린 듯이 얼굴을 문지르고 일어섰다. 모든 어린 동물들처럼, 머스크와도 전날의 고초와 고생에도 불구하고, 또 다른 하루를 맞을 준비가 되어 있었다. 쏘어가 여전히 계곡 아래를 보면서 편안하게 누워있는 동안, 머스크와는 바위 벽 사이의 갈라진 틈을 살피기 시작했고, 바위 턱 위의 바위들 사이를 이리저리 구르며 놀았다.

 머스크와가 바위들 사이를 별나게 구르고, 장난치는 것을 보면서, 쏘어의 마음에 호기심이 생겼다. 그리고 나서 쏘어는 무겁게 몸을 일으켜 세워 흔들었다. 적어도 5분 동안에 그는 골짜기 아래를 내려다보며 서서, 마치 바위에 새겨진 듯 움직임 없이 바람의 냄새를 맡았다. 그리고 머스크와는 작은 귀를 쫑긋 세우고 와서, 쏘어 옆에 섰다. 머스크와는 예리한 작은 눈으로 쏘어를 응시하다가, 볕이 드는 공간을 바라보다가, 다시 그를 응시했다. 머스크와는 마치 다음에 무슨 일이 일어날지를 궁금해하는 듯했다.

그 큰 그리즐리 곰이 그 물음에 답했다. 쏘어는 바위 턱을 따라 방향을 바꾸더니, 골짜기로 내려가기 시작했다. 머스크와는 전날처럼 그의 뒤를 따라갔다. 새끼 곰은 어제보다 몸이 두 배는 더 커지고, 힘도 두 배는 더 세진 것처럼 느꼈다. 그는 더 이상 어미의 젖에 대한 그 안달나게 하는 갈망에 집착하지 않았다. 쏘어는 그를 빠르게 성장시켰고, 머스크와는 어느새 육식을 하는 곰이 되었다. 그리고 그들이 어젯밤에 배불리 먹었던 곳으로 돌아가고 있음을 그는 알았다.

바람이 쏘어에게 어떤 기척을 가져왔을 때, 쏘어와 머스크와는 산비탈을 반쯤 내려왔다. 쏘어가 잠시 걸음을 멈추었을 때, 그의 깊은 가슴에서 으르렁 소리가 울려 퍼졌고, 목 주변의 두터운 털이 불길하게 곤두섰다. 그 냄새는 그가 사냥감을 숨겨둔 장소 쪽에서 풍겨온 것이었고, 그는 이 중요한 공간에서 냄새를 참을 기분이 아니었다.

쏘어는 냄새로 다른 곰의 존재를 강하게 감지했다. 평소 같았으면 이런 냄새는 그를 자극하지 않았을 것이고, 그 냄새가 암컷 곰의 것이었다 해도 마찬가지였을 것이다. 그러나 그것은 수컷 곰의 냄새였고, 그 냄새는 쏘어가 순록을 숨겨둔 발삼 전나무 숲으로 곧장 이어지는, 바위가 깎여 형성된 협곡을 따라 위쪽으로 짙게 퍼져왔다.

쏘어는 자문하지 않기로 하고 멈추었다. 작게 으르렁거리면서, 쏘어는 매우 빠르게 내려가기 시작해서, 머스크와가 쏘어를 따라가는 데에 큰 어려움이 있었다. 쏘어와 머스크와는 호수와 발삼 전나무 숲이 내려다보이는 평원의 가장자리에 도달해서야 비로소 멈추었다. 머스크와는 숨을 헐떡이며 작은 입을 벌리고 있었다. 그때 그는 귀를 앞으로 쫑긋 세우며 응시하고, 갑자기 작은 몸에 있는 모든 근육이 경직되었다.

머스크와와 쏘어의 75야드 (약 69m) 아래, 그들의 은닉처가 침범당하고 있었다. 도둑은 거대한 흑곰이었다. 그는 당당한 무법자처럼 보였다. 몸무게는 쏘어보다 300파운드 (약 136kg)가량 가벼워 보였지만, 서있을 때의 키는 쏘어와 거의 비슷했고, 햇빛 속에서 그의 털은 검정 벨벳 같은 윤기를 띠며 빛이 났다—그는 쏘어의 영역에 오랜만에 침입한 가장 크고, 가장 대담한 곰이었다. 쏘어와 머스크와가 그를 내려다보고 있을 때, 그는 은닉처에서 순록 사체를 끌어내어 먹고 있었다.

잠시 후, 머스크와는 묻고 싶은 듯이 쏘어를 올려다보았다. "우리는 무엇을 해야 하지?" 머스크와는 물어보는 것 같았다. "저 곰이 우리의 저녁을 가져갔어!" 천천히 그리고 유유히 쏘어는 마지막 75야드 (약 69m)를 조심스럽게 걸어 내려가기 시작했다. 지금 그는 전혀 서두르는 기색이 없었다. 쏘어가 큰 침입자로부터 아마도 30야드 (약 27m) 내지 40야드 (약 37m) 거리에 있는 초원의 가장자리에 도달했을 때, 그는 다시 멈추었다. 그의 자세에서 특별히 거슬리는 점은 없었지만, 어깨 주위에 난 털이 머스크와가 지금까지 본 것보다 더 컸다.

침입자 흑곰은 맛있는 먹이를 먹다가 위를 보았고, 30초 내내 흑곰과 쏘어는 서로 쳐다보았다. 그리즐리 곰의 거대한 머리가 느린 추처럼 좌우로 흔들렸다. 흑곰은 스핑크스처럼 움직임이 없었다. 쏘어로부터 4피트 (약 1.2m) 내지는 5피트 (약 1.5m) 떨어진 곳에 머스크와가 서 있었다.

머스크와는 어린 소년처럼 곧 무언가가 일어날 것임을 알았고, 짧은 꼬리를 다리 사이에 넣고, 어린 소년처럼 쏘어와 함께 도망치거나, 쏘어와 함께 앞으로 나아가 싸울 준비도 되어 있었다. 머스크와는 쏘어의 머리가 추처럼 좌우로 흔들리는 모습에 호기심이 생겨 시선을 빼앗겼다. 자연은 모두 그 움직임을 본능적으로 이해했다. 인간은 그것을 이해하는 법을 배웠다. "그리즐리 곰이 머리를 흔들면 조심해라!"—산속 곰 사냥꾼의 제1계명이다.

 쏘어의 영역에서 지내던 다른 곰들처럼, 그 큰 흑곰은 약간 뒤로 물러서서, 뒤를 돌아 자리를 떠났어야 했음을 이해했다. 쏘어는 그에게 시간을 충분히 주었다. 하지만 그 흑곰은 그 계곡에서 경험이 없는 곰이었다—그리고 그 뿐만이 아니었다. 즉 그는 힘이 셌고 패배한 적이 없는 곰이었다. 그는 자신의 영역에서 군림했었다. 흑곰은 물러나지 않고 자리를 지켰다. 쏘어와 흑곰 사이에 지나간 위협의 첫 포효는 흑곰에게서 왔다.

 다시 쏘어가 천천히 유유히—그 도둑에게 곧장 전진했다. 머스크와가 반쯤 따라가다가 멈췄고, 배를 대고 웅크리고 앉았다. 사체에서 10피트 (약 3m) 거리에서 쏘어가 다시 멈췄다. 그리고 지금 쏘어의 거대한 머리가 앞뒤로 더욱 빠르게 흔들렸고, 반쯤 열린 입 사이에서 위협하는 저음의 으르렁거리는 소리가 나왔다. 흑곰의 상아 같은 이빨이 딱딱거렸다. 머스크와는 낑낑거렸다. 다시 쏘어가 1푸트씩 (약 0.3m) 전진했고, 이제 그의 크게 벌린 입이 땅에 거의 닿을 정도였고, 그는 거대한 몸을 낮게 웅크렸다.

 쏘어와 흑곰이 고작 3피트 (약 0.9m) 떨어져 있을 때, 그들은 멈추었다. 아마 30초 동안 그들 각각은 일관된 표정을 유지함으로써, 상대에게 공포심을 일게 하려고 애쓰는 화가 난 두 남자와 같았다. 머스크와는 오한을 느끼는 것처럼 몸을 떨었고 낑낑거렸다. 그는 조용히, 꾸준히 낑낑거렸고, 그 낑낑거리는 소리가 쏘어의 귀에 닿았다. 그 후에 일어난 일은 너무 빠르게 시작되어서, 머스크와는 두려워서 소리를 못 냈고, 돌처럼 움직임이 없이 땅 위에 납작 엎드려 있었다.

 세상의 다른 동물의 울음소리와 다른, 이를 갈고 으르렁대는 그리즐리 곰의 포효 소리를 내며, 쏘어는 흑곰을 향해 돌진했다. 흑곰은 쏘어와 가슴을 맞대고 마주 붙었을 때, 쉽고 빠르게 뒤로 물러설 수 있을 만큼만 살짝 뒷발로 일어섰다. 흑곰은 등을 바닥에 대고 굴렀지만, 쏘어는 너무 노련한 싸움꾼이어서, 흑곰의 뒷발에서 나온 첫 사나운 가르는 일격을 피했다. 그리고 쏘어는 적의 어깨뼈에 네 개의 긴, 살을 찢는 이빨을 찔러 넣었다. 이와 동시에 그는 왼쪽 발로 세찬 절단을 내는 일격을 가했다.

쏘어는 땅을 파는 곰이어서 발톱이 무디었다. 반면 흑곰은 땅을 파지는 않았지만 나무를 타는 곰이었고, 발톱은 칼처럼 날카로웠다. 그 칼 같은 발톱이 쏘어의 상처 입은 어깨를 파고들었고, 피가 다시 뿜어져 나왔다. 땅을 흔드는 듯한 포효 소리를 내며, 거대한 그리즐리 곰은 힘차게 뒤로 물러서며, 뒷발로 9피트 (약 2.7m)에 이르는 몸을 세웠다. 그는 이미 흑곰에게 경고를 준 적이 있었다. 첫 번째 격투 이후, 적이 물러섰다면 쏘어도 굳이 쫓지는 않았을 것이다. 하지만 이제는 목숨을 건 싸움이었다! 흑곰은 쏘어의 은닉처를 파괴하는 데 그치지 않았다. 그는 인간이 쏘어에게 남긴 상처를 다시 벌어지게 한 것이다!

불과 1분 전에 쏘어는 법과 권리를 지키기 위해 싸우고 있었다. 적개심도, 죽이려는 마음도 크지 않았다. 하지만 지금 그는 무시무시했다. 그의 입은 활짝 벌어졌고, 턱에서 턱까지 길이는 8인치 (약 20cm)였다. 입술은 위로 올라가 그의 흰 이빨과 붉은 잇몸이 드러났다. 콧구멍 위에는 줄처럼 근육이 두드러져 있었고, 두 눈 사이에는 소나무 몸통에 찍힌 도끼 자국처럼 깊은 주름이 패어 있었다. 그의 눈에서는 붉은 석류석처럼 번쩍이는 빛이 나왔고, 초록빛이 감도는 검은 눈동자는 그 안에 있는 맹렬한 불꽃에 거의 사라지고 있었다. 이 순간 쏘어와 마주한 인간이라면, 오직 한 마리의 곰만 살아서 나올 것임을 알았을 것이다.

쏘어는 '두 발로 서서' 싸우는 곰이 아니었다. 약 6~7초 정도 그는 일어선 채로 있었지만, 흑곰이 한 걸음 앞으로 나아가자, 쏘어는 재빨리 네 발로 몸을 낮췄다. 그 흑곰은 쏘어를 중간 지점에서 마주쳤고, 이후 몇 분 동안 머스크와는 빛나는 눈으로 그 싸움을 지켜보며, 점점 더 바짝 땅에 엎드렸다. 그 싸움은 밀림과 산에서나 볼 수 있는 격전이었고, 싸움의 포효 소리가 계곡 위아래로 울려 퍼졌다.

마치 인간처럼, 두 거대한 짐승은 강력한 앞다리를 휘두르며, 이빨과 뒷발로 서로를 물어뜯고 찢었다. 2분 동안 그들은 위험하게 뒤엉킨 채 땅 위를 뒹굴었고, 이제 한쪽이 아래에 깔렸다가 다시 뒤엎었다. 그 흑곰은 발톱으로 맹렬하게 할퀴었다. 쏘어는 주로 이빨과 무시무시한 오른쪽 뒷발을 사용했다. 쏘어는 앞다리로 그 흑곰을 찢으려 하기보다는, 적을 잡아 던지는 데 앞다리를 사용했다. 쏘어는 자신이 내장을 꺼냈던 순록 밑으로 몸을 던졌듯이, 이번에도 흑곰 아래로 파고들며 주도권을 잡으려 싸우고 있었다.

몇 번이고 쏘어는 긴 이빨을 흑곰의 살에 찔러 넣었다. 그러나 이빨 싸움에서 흑곰은 쏘어보다 훨씬 빨랐고, 그들의 입이 공중에서 부딪쳤을 때, 쏘어의 오른쪽 어깨는 실제로 찢어져 조각이 나고 있었다. 머스크와는 그들이 부딪치는 소리를 들었다. 그는 이빨이 갈리는 소리와 뼈가 부서지는 끔찍한 소리를 들었다. 흑곰은 여전히 싸우려 했지만, 그리즐리 곰이 자신의 거대한 입으로 흑곰의 목정맥을 물자, 흑곰의 크게 벌어져 피를 흘리는 입은 이제 힘을 잃었다.

머스크와가 일어섰다. 그는 여전히 떨고 있었지만, 새롭고 이상한 감정을 느끼고 있었다. 이것은 그가 어머니와 했던 놀이가 아니었다. 처음으로 그는 싸움을 보고 있었고, 싸움의 흥분이 그의 작은 몸을 통해 피를 뜨겁고 빠르게 흐르게 했다. 강아지같이 약하게 으르렁 소리를 내며, 그는 돌진했다. 그의 이빨은 흑곰 엉덩이의 무성한 털과 질긴 가죽을 헛되이 파고들었다. 그는 잡아당기며 으르렁거렸다. 알 수 없고 설명할 수 없는 분노로 가득 찬 그는 앞발로 땅을 힘껏 디디며 버티고, 입에 물고 있던 흑곰의 털을 잡아당겼다.

그 흑곰은 몸을 비틀어 등을 바닥에 대고 누워, 뒷발로 쏘어의 가슴에서 항문까지 할퀴었다. 그 일격은 순록이나 사슴의 내장을 들어냈을 것이다. 그것은 쏘어의 몸에 3피트 (약 0.9m) 길이의 붉고, 벌어진, 피가 나는 상처를 남겼다. 일격이 되풀이되기 전에, 쏘어가 옆으로 몸을 돌리자, 흑곰의 두 번째 일격을 머스크와가 받았다. 그 흑곰의 발바닥이 머스크와를 쳤고, 마치 새총에서 돌이 튕겨져 나가듯이, 그는 20피트 (약 6m) 떨어진 곳으로 날아갔다. 그는 상처를 입지는 않았지만, 크게 놀라 멍해졌다. 그 순간에 쏘어는 적의 목을 잡은 것을 풀고, 몸을 2피트 (약 0.6m) 내지는 3피트 (약 0.9m) 옆으로 움직였다. 쏘어는 피를 흘리고 있었다. 그 흑곰의 어깨, 가슴과 목이 피에 흠뻑 젖었다. 흑곰의 몸에서 큰 부분이 찢어졌다. 그는 일어서려고 노력했는데, 쏘어는 다시 흑곰 위에 있었다.

이번에 쏘어는 지금까지 중 가장 치명적인 방식으로 흑곰을 붙잡았다. 쏘어의 거대한 입이 흑곰의 코 윗부분을 덮쳐, 흑곰을 죽일 듯이 꽉 물었다. 한 번의 무시무시한 갈아 부수는 소리가 났고, 싸움은 끝났다. 그 후 그 흑곰은 살아날 수 없었다. 하지만 쏘어는 이 사실을 알지 못했다. 쏘어가 뒷발에 있는 칼날 같은 발톱으로 찢는 것은 이제 쉬운 일이었다. 쏘어는 흑곰이 죽은 후에도 십 분 동안 계속해서 흑곰에게 상처를 입히고 흑곰을 찢었다.

쏘어가 마침내 싸움을 그만두었을 때, 전장의 모습은 보기 힘들만큼 끔찍했다. 땅은 파헤쳐 지고 피로 붉게 물들어 있었다. 땅은 커다란 검은 가죽 조각과 살점으로 덮여 있었다. 그리고 흑곰은 배 쪽이 끝에서 끝까지 찢겨 벌어져 있었다. 2마일 (약 3.2km)쯤 떨어져, 짐과 브루스는 망원경을 통해 바라보면서, 긴장하고 창백해져 숨을 거의 쉬지 못하고 있었다. 그들은 산허리 위 바위 옆에서 웅크리고 있었다. 그 먼 거리에서 그들은 그 무시무시한 광경을 목격했지만, 그 새끼 곰을 볼 수 없었다. 쏘어가 죽은 적

위에서 숨을 헐떡이고 피를 흘리며 서 있었을 때, 짐이 망원경을 내렸다.

"세상에!" 짐이 숨을 내쉬며 말했다. 브루스가 벌떡 일어섰다. "어서!" 브루스가 외쳤다. "흑곰이 죽었어! 만일 우리가 서두르면, 우리는 그리즐리 곰을 잡을 수 있어!" 그리고 초원 아래에서 머스크와는 따뜻한 흑곰의 가죽 조금을 입에 물고 쏘어에게 달려갔다. 쏘어는 피 흘리는 거대한 머리를 낮추고, 딱 한 번 붉은 혀를 내밀어 머스크와의 얼굴을 핥았다. 햇볕에 얼굴이 그을린 작은 새끼 곰이 자신의 능력을 입증했기 때문에, 쏘어는 보고서 알아차렸을지도 모른다.

9장

쏘어와 머스크와 둘 다 큰 싸움 후에 순록 고기 근처에 가지 않았다. 쏘어는 음식을 먹을 수 있는 상태가 아니었고, 머스크와는 흥분과 떨림으로 가득 차 한 입도 삼킬 수 없었다. 그는 마치 쏘어가 시작한 일을 자신이 마무리하려는 듯, 작게 으르렁거리며 흑곰의 가죽 조각을 계속 물고 흔들었다. 몇 분 동안 그리즐리 곰은 큰 머리를 떨군 채 서 있었고, 그의 아래로 핏방울이 떨어져 고였다.

쏘어는 골짜기 아래쪽을 향해 있었다. 바람이 거의 불지 않았다. 너무 미약해서 바람이 어느 방향에서 불어오는지를 알기 어려울 정도였다. 바람의 소용돌이들이 협곡 안에서 맴돌았고, 산 어깨와 봉우리 위에서는 바람이 더 강하게 불었다. 이러한 더 높은 공기의 움직임 중 하나가 천천히 내려갔고, 잠시 동안 골짜기를 통해 굉장히 약하게 지나가서, 발삼 전나무와 가문비나무의 윗부분을 거의 흔들지 못했다.

쏘어가 동쪽을 향했을 때, 산에서 불어오는 바람 중 하나가 불어왔다. 그리고 그 바람과 함께, 희미하고 끔찍한 *인간의 냄새*가 왔다! 그는 갑작스럽게 으르렁거리며, 그가 잠시 빠져들게 내버려두었던 무기력으로부터 스스로를 깨웠다. 그의 이완되었던 근육들이 단단해졌다. 그는 머리를 들어 올려 바람 냄새를 맡았다. 머스크와는 가죽 조각과의 부질없는 싸움을 멈추고 공기 냄새를 맡았다. 공기는 사람 냄새로 따뜻했는데, 짐과 브루스가 달리고 땀을 흘렸기 때문이었다. 그리고 사람 땀 냄새는 짙게 멀리까지 퍼져 나간다.

그 냄새는 쏘어를 새로운 분노로 가득 채웠다. 그는 다치고 피를 흘릴 때, 그 냄새를 두 번째로 맡게 되었다. 그는 이미 사람 냄새를 상처와 연관 지었었고, 이제 그 연관은 그에게 곱절로 각인되었다. 그는 고개를 돌려 검은 곰의 훼손된 사체를 향해 으르렁거렸다. 그리고 나서 그는 바람을 향해 위협하듯 으르렁거렸다. 그는 도망칠 기분이 아니었다. 이 순간에 만약 브루스와 짐이 언덕 위로 나타났더라면, 납으로 만든 총알조차 거의 막을 수 없고, 자신과 같은 종에게 끔찍한 이름을 준 그 치명적인 흉포함을 드러내며, 쏘어는 돌진했을 것이다.

그러나 그 냄새를 실은 바람이 지나가고, 평화로운 고요함이 뒤따랐다. 계곡은 흐르는 물의 잔잔한 소리로 가득 찼다. 바위 위에서 마멋들은 부드러운 소리를 냈고, 푸른 평원 위에서는 뇌조들이 맑게 울며 흰 날개를 지닌 무리 속에서 날아올랐다. 마치 여인의 부드러운 손길이 화난 남자를 달래듯, 이러한 것들이 쏘어를 진정시켰다. 그는 사라진 인간 냄새를 다시 맡으려고 헛되이 애쓰며, 5분 동안 계속해서 낮게 으르렁거렸다. 그러나 그 으르렁거리는 소리는 점차 줄어들었고, 마침내 그는 몸을 돌려, 그와 머스크와가 조금 전에 내려왔던 그 협곡을 향해 천천히 걸어갔다. 머스크와가 뒤따라갔다.

머스크와 쏘어가 올라갈 때, 그 작은 골짜기 또는 협곡의 지형이 그들을 골짜기에서 안 보이게 가려주었다. 그 협곡의 바닥은 바위와 이판암으로 덮여 있었다. 총상과는 달리, 쏘어가 싸움에서 입은 상처는 몇 분 후에 출혈이 멎었고, 그에게 눈에 띄는 핏자국을 남기지 않았다. 그 작은 골짜기의 지형은 그들을 산 중턱 위에 있는, 첫 번째로 무질서하게 솟아오른 바위 지대까지 가게 했고, 이곳에서 그들은 아래에서 올려다봤을 때, 훨씬 더 가려져 안 보이게 되었다.

쏘어와 머스크와는 멈춰 서서, 산봉우리 위에서 녹고 있는 눈에 의해 만들어진 웅덩이에서 물을 마셨고, 그러고 나서 계속 나아갔다. 그들이 지난밤에 그 위에서 잠들었던 바위 턱에 이르렀을 때, 쏘어는 멈추지 않았다. 그리고 그들이 그 바위 턱에 도달했을 때, 머스크와는 이번에 피곤하지 않았다. 이틀이라는 시간은 그 햇볕에 그을린 얼굴의 작은 새끼 곰에게 큰 변화를 만들었다. 그는 더 이상 그렇게 둥글고 통통하지 않았다. 그리고 그는 훨씬 더 강해졌다. 그는 단련되어 가고 있었다. 그리고 쏘어의 강도 높은 지도 아래, 머스크와는 아주 어린 새끼 곰 시기에서 어린 곰 시기로 빠르게 성장하고 있었다.

쏘어가 이전에 이 바위 턱을 따라갔던 것이 분명했다. 그는 자신이 어디로 가는지 알고 있었다. 길은 계속 위로 이어져, 마침내 가파른 암벽 앞에서 끝나는 듯 보였다. 그의 발자국은 그의 몸이 겨우 지나갈 만한 커다란 틈으로 그를 곧장 이끌었고, 그는 이 틈을 지나가서, 머스크와가 지금까지 본 것 중 가장 험하고 거친, 무너져 내린 바위로 이루어진 비탈면의 가장자리에 나타났다. 그 무너진 바위 지대는 거대한 채석장처럼 보였고, 그 바위 지대는 그들 훨씬 아래의 숲을 가로질러 위쪽 산의 거의 정상까지 이어져 있었다.

머스크와가 그 무질서하게 솟아오른 바위 지형의 수많은 위험을 뚫고 나아가는 것은 불가능했다. 쏘어가 처음 바위들을 오르기 시작했을 때, 그 새끼 곰은 멈춰 서서 낑낑거렸다. 그것은 그가 처음으로 포기한 순간이었다. 쏘어가 자신의 낑낑거림에 전혀 관심을 주지 않는 것을 보자, 그에게 공포가 엄습했고, 그는 바위 지형들을 헤치며 올라갈 길을 필사적으로 찾으면서, 가능한 한 크게 소리쳐 도움을 요청했다.

　머스크와의 곤경을 전혀 신경 쓰지 않은 채, 쏘어는 적어도 30야드 (약 27m) 멀어질 때까지 계속해서 길을 찾았다. 그런 다음 쏘어는 멈춰 서서, 의도적으로 뒤를 돌아서 기다렸다. 이것이 머스크와에게 용기를 주었고, 머스크와는 쏘어를 따라가기 위해 긁고 잡고, 심지어 턱과 이빨을 사용했다. 머스크와가 쏘어에게 도달하는 데 10분이 걸렸고, 머스크와는 완전히 숨이 차 있었다. 그러다가 별안간 공포가 사라졌다. 쏘어가 마치 바닥처럼 단단한 흰색의 좁은 길 위에 서 있었기 때문이다.

　그 길은 폭이 약 18인치 (약 0.5m)였다. 그것은 특이하고 신비롭게 보였으며, 그것이 있던 곳과는 이상하게도 어울리지 않았다. 그것은 마치 여러 명의 노동자들이 망치를 들고 나타나, 수많은 사암과 석판을 부순 다음에, 큰 바위들 사이를 부서진 돌조각들로 메워, 평탄하고 좁은 길을 만든 듯 보였다.

　그 길은 곳곳에서 가루처럼 고운 입자들이, 시멘트처럼 단단한 바닥을 이루며 다져져 있었다. 그러나 망치 대신, 백 세대 또는 어쩌면 천 세대의 산양들의 발굽이 그 길을 만들었다. 그 길은 산맥을 넘어가는 양들의 길이었다. 콜럼버스 (Columbus)가 아메리카 (America) 대륙을 발견하기 전에 최초의 큰 뿔 양 무리가 그 길을 개척했을지도 모른다. 양들의 발굽이 바위들 사이에서 그 평탄한 길을 만드는 데에는 틀림없이 수년이 걸렸을 것이다.

　쏘어는 그 길을 계곡에서 계곡으로 다니는 주요 길 중 하나로 사용했고, 쏘어 뿐만 아니라 그 길을 더 자주 사용한 산속의 다른 동물들도 있었다. 한숨을 돌리려는 머스크와를 기다리면서 쏘어가 서 있었을 때, 그들은 위에서 들려오는 이상한 웃음소리를 들었다. 경사면에서 40피트 (약 12m) 또는 50피트 (약 15m) 위에서 길이 구불구불 이어지다가, 거대한 바위 뒤

작은 움푹한 땅으로 내려가는 길이 되었는데, 이 바위 뒤에서 큰 호저가 나왔다.

캐나다 북부 지역 전역에는 성인은 호저를 죽이면 안 된다는 법이 있다. 길을 잃고 굶주린 시골자나 사냥꾼은 주변에 아무것이 없어도, 거의 항상 호저는 발견할 수 있기 때문에, 호저는 '길 잃은 사람의 친구'이다. 하지만 어린이는 호저를 죽일 수 있다. 호저는 황야에서 가장 익살스러운 동물이다. 그는 지금까지 살아 있는 동물 중 가장 행복하고, 천성이 가장 좋고, 모든 면에서 가장 온순한 동물이다. 그는 끊임없이 재잘거리며 웃고, 이동할 때 거대한 살아 있는 바늘방석처럼 걷는다. 그는 자는 것처럼 자신을 둘러싼 모든 것에 신경 쓰지 않는다.

이 특별한 '호저'가 머스크와와 쏘어를 향해 나아갈 때, 그는 행복하게 혼잣말을 했고, 그의 웃음소리는 갓난아기가 기쁨을 표현하는 소리와 매우 유사했다. 호저는 엄청 뚱뚱했고, 옆으로 아장아장 천천히 걸을 때, 꼬리 가시가 철걱 소리를 내며 돌 위를 부딪혔다. 그의 시선은 발 밑의 길에 고정되어 있었다. 그는 어떤 것에도 깊이 몰두하지 않았고, 쏘어를 보기 전에 쏘어로부터 5피트 (약 1.5m) 이내에 있었다. 그때 그는 순식간에 자신을 공처럼 둥글게 만들었다. 그는 몇 초 동안 큰 소리로 불평을 한 후, 작은 빨간 눈으로 그 큰 곰을 바라보며, 스핑크스처럼 조용히 있었다.

쏘어는 호저를 죽이고 싶지 않았지만, 길이 좁았고 쏘어는 계속 나아가려 했다. 그는 한 걸음 또는 두 걸음 나아갔다. 호저는 쏘어에게 등을 돌렸고, 강력한 꼬리로 칠 준비를 했다. 그 꼬리에는 수백 개의 가시가 있었다. 쏘어는 한 번 이상 호저의 가시에 찔린 적이 있어서 주저했다. 머스크와는 호기심을 가지고 바라보고 있었다. 머스크와는 여전히 배워야 할 교훈이 남아 있었다. 이전에 그의 발에 박혔던 가시는 힐거운 가시였기 때문이다. 그런데 호저가 쏘어를 곤혹스럽게 만드는 것처럼 보였기 때문에, 새끼 곰은 몸을 돌려 필요하면 경사면을 따라 돌아갈 준비를 했다.

쏘어는 한 걸음 더 나아갔고, 호저는 자신이 낼 수 있는 가장 심술궂은 소리인 '척, 척, 척' 소리를 갑자기 내며 뒤로 움직였다. 그리고 넓고 두꺼운 꼬리를 힘껏 공중에 휘둘렀는데, 그 꼬리의 힘은 가시를 나무 밑동에 1/4인치 (약 0.6cm)나 박아 넣을 만큼 강력했다. 하지만 공격이 빗나가자 호저는 다시 몸을 동그랗게 웅크렸고, 쏘어는 바위 위에 올라서서, 가시를 피하려고 호저 주위를 돌았다. 그곳에서 쏘어는 머스크와를 기다렸다.

호저는 자신의 승리에 매우 만족했다. 그가 몸의 긴장을 풀자, 뾰족하게 곤두서 있던 가시들도 조금 가라앉았다. 그리고 그는 다시 너그럽게 낄낄 웃으며 머스크와 쪽으로 다가갔다. 새끼 곰은 본능적으로 길 가장자리를 따라가다가, 미끄러져 가장자리 밖으로 떨어졌다. 새끼 곰이 다시 기어올라왔을 무렵, 호저는 그보다 4~5피트 (약 1.2~1.5m) 앞서 있었고, 여행에 완전히 몰두해 있었다.

양이 다니는 길에서의 모험은 아직 완전히 끝나지 않았다. 호저가 안전한 곳으로 이동하자마자, 위쪽에 있는 큰 바위의 가장자리 근처에 오소리가 나타났기 때문이다. 이 오소리는 가장 좋아하는 저녁 메뉴인 호저의 신선하고 맛있는 냄새를 쫓아왔다. 이 산속의 골칫덩어리 무법자는 머스크와 보다 세 배는 컸고, 몸 전체가 싸움을 위한 근육, 뼈, 발톱과 날카로운 이빨로 이루어져 있었다. 오소리의 코와 이마에는 흰 무늬가 있었고, 다리는 짧고 굵었고, 꼬리는 털이 많았으며, 앞발에 달린 발톱은 거의 곰의 발톱만큼이나 길었다. 쏘어는 즉시 경고하는 듯한 으르렁 소리로 오소리를 맞이했고, 오소리는 죽을까 두려워 잽싸게 길의 위쪽으로 도망쳤다.

한편 호저는 혼잣말하고 노래 부르며, 1~2분 전에 일어났던 일을 완전히 잊고, 마치 1000피트 (약 305m) 절벽에서 떨어졌다면 피할 수 없었을 죽음만큼이나 확실했던 죽음에서 쏘어가 자신을 구해준 사실을 깨닫지 못한 채, 새로운 서식지를 찾아 느리고 무겁게 걸어가고 있었다.

쏘어와 머스크와는 큰 뿔 양이 다니는 길 (Bighorn Highway)의 구불구불한 경로를 따라 거의 1마일 (약 1.6km)을 올라가, 마침내 산맥의 최정상에 도달했다. 그들은 개울 바닥보다 0.75마일 (약 1.2km) 높은 곳에 있었고, 양들이 다니는 오솔길이 산등성이를 따라 이어졌다. 그런데 일부 구간에서는 그 산등성이가 매우 좁아서, 그들이 양쪽 골짜기들을 내려다볼 수 있을 정도였다.

머스크와의 아래는 머스크와에게 온통 초록빛과 금빛을 띤 안개처럼 보였다. 깊이는 끝이 없을 것 같았고, 시내를 따라 펼쳐진 숲은 오직 검은색의 줄무늬처럼 보였다. 더 멀리 있는 경사면 위의 공원 같은 발삼 전나무와 개잎갈나무의 무리는 가시가 있는 나무나 버펄로 버드나무가 자라는 아주 작은 숲처럼 보였다. 여기 위에서도 바람이 불고 있었다.

바람은 낯선 격렬함으로 머스크와를 세차게 때렸고, 그는 발아래에서 눈의 신비하고도 매우 불쾌한 냉기를 여섯 번 느꼈다. 큰 새가 그 근처로 두 번 급강하했다. 그것은 독수리였고, 그가 여태껏 본 것 중 가장 큰 새였다. 독수리가 두 번째로 매우 가까이 다가와, 그는 독수리의 *날개를 퍼덕거리는 소리*를 들었고, 독수리의 거대하고 사나운 머리와 내려간 발톱들을 보았다.

쏘어는 독수리를 향해 빙빙 돌며 으르렁거렸다. 만약 머스크와가 혼자였더라면, 그는 독수리의 사람을 죽일듯한 발톱에 붙잡혀 멀리 날아갔을 것이다. 사실, 독수리가 세 번째 돌았을 때, 독수리는 그들에게서 떨어져 경사면 아래로 내려갔다. 독수리는 다른 먹이를 쫓고 있었던 것이다. 그 먹이의 냄새가 쏘어와 머스크와에게 전해졌고, 그들은 멈추었다.

머스크와와 쏘어의 약 100 야드 (약 91m) 아래에는 부드러운 이판암으로 이루어진 완만한 경사면이 있었다. 그리고 이 이판암 위에는 더 아래쪽에서 아침을 먹은 뒤, 따뜻한 햇볕을 쬐고 있는 양 무리가 있었다. 양은 스무 마리에서 서른 마리 정도였고, 대부분 암양들과 새끼 양들이었다. 세 마리의 거대한 나이 든 숫양은 동쪽으로 더 먼 곳에 있는 눈밭 위에 누워 있었다.

독수리는 6피트 (약 1.8m) 길이의 날개를 한 쌍의 부채처럼 펼친 채 계속 선회했다. 그는 바람을 타고 떠다니는 깃털처럼 조용했다. 암양들과 심지어 나이 든 큰 뿔 양들조차 머리 위를 맴도는 독수리의 존재를 알아차리지 못했다. 대부분의 새끼 양들은 어미 곁에 누워 있었지만, 성격이 더 활발한 새끼 두세 마리는 이판암 경사면을 돌아다녔고, 가끔 쾌활하게 장난을 치며 이리저리 뛰어다녔다.

독수리의 사나운 시선이 활발한 새끼 양들에게 향했다. 갑자기 독수리는 바람을 정면으로 맞으며, 소총 사정거리만큼 멀리 떠올랐다. 그러고 나서 그는 우아하게 방향을 바꾸어 바람을 타고 돌아왔다. 돌아올 때 그의 날개는 외관상 움직이지 않는 것처럼 보였지만, 그는 점점 속도를 높였고, 결국 새끼 양들을 향해 로켓처럼 곧장 돌진했다. 그는 마치 거대한 그림자처럼 왔다가 간 것 같았다.

독수리가 지나가자, 단 한 번의 애처롭고 고통스러운 울음소리가 들렸고, 세 마리였던 새끼 양 중 두 마리만이 남아 있었다. 경사면 위에서 즉각적인 소란이 일었다. 암양들은 앞뒤로 뛰며 흥분하여 울기 시작했다. 세 마리의 숫양이 갑자기 일어나서 바위처럼 서 있었고, 새로운 위험을 경계하며, 그들 아래의 깊은 곳과 위의 산봉우리들을 살피면서, 큰 뿔을 지닌 머리를 높이 들었다.

그 숫양들 중 한 마리가 쏘어를 보았고, 숫양의 목구멍에서 울려 나오는 저음의, 귀에 거슬리는 경고 소리는 사냥꾼이 1마일 (약 1.6km) 떨어진 곳에서 들을 수 있을 정도였다. 숫양이 위험 신호를 보내며 경사면을 내려오기 시작했고, 곧이어 쇄도하는 양들의 발굽이 덜커덕 소리를 내며, 가파른 이판암 경사면을 내려왔다. 양들의 발굽이 여러 작은 돌과 둥근 돌을 흔들었고, 이 돌들이 내려가면서 다른 돌들도 함께 내려가게 만들며, 점차 커지는 시끄러운 소리를 내면서, 산 아래로 굴러 떨어지고 부딪혔다. 이 모든 일은 머스크와에게 매우 흥미로운 일이었고, 쏘어가 그를 이끌지 않았더라면, 머스크와는 다른 동물들에게 벌어지는 일을 내려다보며 오랫동안 서 있었을 것이다.

잠시 후, 큰 뿔 양 길은 쏘어가 짐의 첫 사격에 쫓겨났던 골짜기의 윗부분에서 골짜기 아래로 내려가기 시작했다. 쏘어와 머스크와는 이제 사냥꾼들이 상설 야영지를 마련해 둔 숲에서 북쪽으로 6~8마일 (약 9.7~13km) 떨어진 곳에 있었고, 스키나 강 (Skeena)의 하류 지류를 향해 가고 있었다. 여행 한 시간 후, 노출된 이판암과 회색의 우뚝 솟은 험한 바위가 다시 쏘어와 머스크와 위에 있었고, 그들은 녹색 경사면 위에 있었다. 바위들과 차가운 바람들, 독수리의 눈에서 머스크와가 본 무시무시한 눈빛을 지나고 나서, 그들이 점점 더 아래로 내려간 곳에 있는 따뜻하고 아름다운 계곡은 머스크와에게 낙원과 같았다.

쏘어는 무언가를 염두에 둔 것이 분명했다. 그는 이제 정처 없이 걸어 다니지 않았다. 그는 경사면의 끝과 솟아오른 부분을 서둘러 벗어났다. 머리를 낮게 구부린 채 그는 북쪽으로 꾸준히 이동했고, 나침반은 스키나 강 (Skeena) 하류의 수역을 향해 더 똑바른 직선을 표시할 수 없었을 것이다. 그는 굉장히 효율적으로 이동했고, 머스크와는 용감하게 따라가며, 쏘어가 결코 멈추지 않을지 궁금했다. 머스크와는 쏘어가 떠나려는 듯 매우 급히 지나치려 했던 이 멋진 햇볕이 드는 경사면보다, 큰 그리즐리 곰과 햇볕에 얼굴이 탄 작은 새끼 곰을 위해, 온 세상에서 더 좋은 것이 있을까 궁금했다.

10장

　만약 짐이 없었다면, 두 마리 곰의 싸움이 벌어진 이날은 쏘어와 머스크와에게 훨씬 더 큰 흥분과 또 다른 더 치명적인 위험을 가져왔을 것이다. 사냥꾼들이 피비린내 나는 싸움의 현장에 숨을 헐떡이고 땀을 흘리며 도착한 지 3분 후, 브루스는 쏘어 추격을 계속할 준비가 되어 있었고, 추격을 간절히 원하고 있었다. 그는 거대한 그리즐리 곰이 멀리 가지 못했음을 알았다. 그는 쏘어가 산으로 올라갔다고 확신했다. 그는 쏘어와 햇볕에 탄 얼굴의 새끼 곰이 큰 뿔 양 길에 도달할 즈음, 작은 골짜기의 자갈이 섞인 땅에 찍힌 그리즐리 곰의 발자국을 발견했다.

　브루스의 주장은 짐을 떠나게 하지 못했다. 그가 목격한 것, 그리고 지금 그가 주변에서 보고 있는 것에 마음 깊숙이 동요된 사냥꾼이자 자연주의자인 짐은 그리즐리 곰과 흑곰이 싸워서 피로 얼룩지고 파괴된 싸움터를 떠나기를 거부했다. "내가 총을 한 발도 쏘지 않을 것을 알았더라도, 난 이 현장을 보기 위해서 5천 마일(약 8047km)을 갔을 거야."라고 그가 말했다. "그것은 생각하고 살펴볼 가치가 있어, 브루스. 그리즐리 곰은 바로 부패하지 않아. 이 싸움터는—몇 시간 내로 썩을 거야. 여기서 우리가 찾아낼 수 있는 이야기가 있다면, 나는 그것을 원해."

짐은 파헤쳐진 땅, 큰 핏자국들, 벗겨진 피부 조각들, 그리고 죽은 흑곰의 몸에 난 끔찍한 상처들에 주목하며, 그 싸움터를 반복해서 살펴보았다. 30분 동안 브루스는 순록의 사체에 관심을 기울였고, 이러한 것들에는 신경을 덜 썼다. 그 시간이 지난 후, 브루스는 짐을 발삼 전나무 무리의 가장자리로 불렀다. "너 그 이야기 듣고 싶었지?" 그가 말했다, "내가 너에게 그 이야기를 전해 줄게, 짐."

브루스는 발삼 전나무 숲속으로 들어갔고, 짐은 그를 따라갔다. 몇 걸음 가서 은신처 아래에서 브루스가 멈추고 쏘어가 고기를 숨겨둔 그 움푹 들어간 곳을 가리켰다. 그곳은 피로 물들어 있었다. "네 추측이 맞았어, 짐," 그가 말했다. "우리의 그리즐리 곰은 고기 먹는 곰이야. 어젯밤에 그 곰이 저기 초원에서 순록을 잡았어. 흑곰이 아니라, 그 그리즐리 곰이 순록을 죽였다는 것을 나는 알아. 숲의 가장자리를 따라 난 발자국이 그리즐리 곰의 발자국이니까. 자, 가자. 그가 순록을 어디에서 덮쳤는지 내가 너에게 보여줄게!"

브루스는 초원으로 돌아가면서, 쏘어가 어디에서 어린 수컷 순록을 끌어내렸는지를 가리켰다. 고기 조각들이 흩어져 있었고, 쏘어와 머스크와가 식사를 하면서 남긴 많은 핏자국이 있었다. "그리즐리 곰은 배를 채운 뒤에 그 순록의 사체를 발삼 전나무 숲에 숨겼어," 브루스는 계속해서 말했다. "오늘 아침 흑곰이 나타나서 그 고기 냄새를 맡았고, 그 숨긴 고기를 털어갔지. 그 다음에 그리즐리 곰이 아침 식사를 마치고 돌아왔고, 일어난 일이 바로 이것이야! 네 이야기가 여기 있어, 짐."

"그리고—그가 다시 올 수도 있겠지?" 짐이 물었다.

"네 인생에서 절대 그럴 리는 없어, 곰은 안 올 거야!" 브루스가 외쳤다. "곰은 굶주려도 그 사체를 다시는 건드리지 않을 거야. 지금 이곳은 그에게 독처럼 느껴질 거야."

그 후 브루스는 짐을 싸움터에서 혼자 숙고하게 놔두고, 쏘어를 추적하기 시작했다. 발삼 전나무 그늘에서 짐은 한 시간 동안 계속 글을 썼고, 자주 현장에 나가 새로운 사실을 밝혀내거나, 이미 발견된 다른 사실을 확인했다.

한편, 산악인은 한 걸음씩 골짜기를 올라갔다. 쏘어는 피를 남기지 않았지만, 다른 사람들이 아무것도 발견하지 못할 곳에서 브루스는 쏘어가 지나간 흔적을 찾아냈다. 짐이 메모를 끝내고 있는 곳으로 브루스가 돌아왔을 때, 그의 얼굴에는 만족스러운 표정이 어렸다. "곰이 산을 넘었어," 브루스가 짧게 말했다.

짐과 브루스가 화산 활동으로 형성된 거친 바위 지형을 넘어, 큰 뿔 양 길을 따라 쏘어와 머스크와가 독수리와 양을 지켜봤던 지점에 도착했을 때, 이미 정오가 되어 있었다. 그들은 이곳에서 점심을 먹은 뒤, 망원경으로 계곡을 살펴보았다. 브루스는 오랫동안 말을 하지 않았다. 그리고 나서 그는 망원경을 내리고, 짐에게 말하기 시작했다.

"내가 곰의 이동 범위를 꽤 잘 알아낸 것 같아," 브루스가 말했다. "곰은 이 두 골짜기를 다니고, 우리는 캠프를 너무 남쪽에 설치했어. 저기 아래 숲 보이지? 저기가 우리의 캠프를 설치해야 할 곳이야. 우리 말을 타고 고개를 다시 넘어가서 캠프를 여기 북쪽으로 옮기는 게 어때?"

"그럼 우리의 그리즐리 곰은 내일까지 놔두게?"

브루스는 고개를 끄덕였다. "우리는 그리즐리 곰을 쫓아갈 수 없어. 우리의 말들을 저기 개울 바닥에 묶어 두었잖아."

짐은 망원경을 상자에 넣으며 일어섰다. 갑자기 그는 굳어졌다. "저거 뭐였지?"

"나는 아무것도 못 들었어," 브루스가 말했다. 잠시 그들은 나란히 서서 귀 기울였다. 그들은 돌풍이 휙 소리를 내며 지나가는 소리를 들었다. 바람

소리가 사라졌다.

"들어봐!" 짐이 속삭였고, 그의 목소리는 갑자기 흥분으로 가득 찼다.

"그 개들이야!" 브루스가 외쳤다.

"그래, 그 개들이야!"

짐과 브루스는 앞으로 몸을 구부렸고, 남쪽을 향해 귀를 기울였다. 그리고 희미하게 멀리서 감격적인 에어데일 테리어들(Airedales)의 짖는 소리가 그들에게 들려왔다! 미투즌이 왔고, 그는 계곡에서 그들을 찾고 있었다!

11장

쏘어는 인디언들이 '*피무태오*' (역주: *pimootao*는 크리어[Cree]로 '그/그녀가 걷는다'는 뜻으로, 여기서는 곰이 본능에 따라 방향을 잡고 걷는 상태를 나타냄)로 부르는 상태에 있었다. 그의 본능적인 사고는 동시에 여러 단서를 종합했다. 비록 그가 논리적 결론을 내린 것은 아닐지라도, 북쪽으로 곧장 가야 한다고 확신을 품을 만큼 그의 본능적 계산은 충분히 정확했다.

짐과 브루스가 큰 뿔 양 길의 정상에 도달해, 멀리서 들려오는 개들의 울음소리를 듣고 있을 무렵, 작은 머스크와는 무기력한 절망에 빠져 있었다. 쏘어를 따라가는 일은 한순간도 쉴 틈 없는 술래잡기와 같았기 때문이다. 쏘어와 머스크와가 양의 길을 떠난 지 한 시간이 지나, 그들은 물길이 갈라지는 골짜기 안의 분수령에 도달했다. 이 지점에서 남쪽으로 흐른 개울은 타클라 호수 (Tacla Lake) 지역으로 흘러갔고, 북쪽으로 흐른 다른 개울은 배빈 (Babine)강으로 흘러갔는데, 배빈강은 스키나 (Skeena) 강의 지류였다. 그들은 훨씬 더 낮은 지역으로 매우 빠르게 내려갔고, 머스크와는 처음으로 습지에 직면했다. 머스크와는 때때로 풀밭을 통해 이동했는데, 풀이 너무 빽빽하고 무성해서 그는 앞을 볼 수 없었고, 자신을 계속 앞서가는 쏘어의 소리만 들을 수 있었다.

 개울은 점점 더 넓고 깊어졌고, 곳곳에서 머스크와가 헤아릴 수 없을 만큼 깊다고 확신한, 어둡고 고요한 웅덩이의 가장자리를 따라, 그와 쏘어는 이동했다. 머스크와는 이 웅덩이들 덕분에 처음으로 숨을 돌릴 수 있었다. 쏘어는 가끔 멈춰서 웅덩이 가장자리 위를 냄새 맡았다. 그는 무언가를 찾고 있었지만, 그것을 찾아내지는 못한 것 같았다. 그리고 그가 다시 길을 나설 때마다, 머스크와는 인내의 한계에 점점 더 가까워졌다.

 머스크와와 쏘어가 호수에 도달했을 때, 그들은 브루스와 짐이 망원경으로 계곡을 살펴보던 지점에서 북쪽으로 정확히 7마일 (약 11km) 떨어진 곳에 있었다. 땅이 움푹 들어간 곳 안에 있는 햇빛이 비치는 웅덩이 말고는 본 적이 없던 머스크와에게, 그 호수는 어둡고 살기에 적합하지 않아 보였다. 숲은 호숫가 가까이까지 자라 있었다. 곳곳에서 호수는 거의 검게 보였다. 별난 새들이 무성한 갈대 속에서 꽥꽥 울었다. 호수에는 낯선 냄새가 짙게 풍겼는데, 그 향기는 그 새끼 곰이 작은 입을 쩝쩝 다시게 만들고, 그에게 허기를 일으켰다. 쏘어는 잠시 서서 공기에 가득 퍼진 이 냄새를 맡았다. 그것은 물고기의 냄새였다.

 커다란 그리즐리 곰은 그 호수의 가장자리를 따라 천천히 조심하며 걷기 시작했다. 곧 쏘어는 작은 개울의 입구에 도달했다. 그 개울은 폭이 20피트 (약 6m) 이하였지만, 호수처럼 어둡고 고요하며 깊었다. 그는 이 개울을 따라 100야드 (약 91m)를 올라갔다. 이윽고 그는 많은 나무들이 개울을 가로질러 쓰러져, 물길을 막고 있는 곳에 도달했다.

 그 물길이 막힌 곳 근처의 물은 녹색 부유물로 덮여 있었다. 쏘어는 그 부유물 아래에 무엇이 있는지를 알고 있었고, 통나무 위로 매우 조용히 다가갔다. 개울 중간지점에서 그는 멈춰서, 오른발로 그 부유물을 살며시 밀어냈다. 그러자 막힌 곳 없는 맑은 물웅덩이가 그 바로 아래에 있었다. 머스크와는 빛나는 작은 눈으로 물가에서 쏘어를 지켜보았다. 머스크와는 쏘어가 먹을 것을 찾고 있다는 걸 알았다. 머스크와는 피곤했지만, 쏘어가 저 물웅덩이에서 어떻게 먹을 것을 꺼낼지가 궁금하고 흥미로웠다.

쏘어는 배를 깔고 몸을 늘어뜨리며, 머리와 오른발을 통나무 더미 위로 쭉 뻗었다. 그는 이제 발을 물에 1푸트 (약 30cm) 담그고, 그 곳에서 발을 매우 고요하게 유지했다. 그는 개울 바닥을 분명하게 볼 수 있었다. 잠시 동안 그는 이 바닥, 몇 개의 나뭇가지와 드러난 나뭇가지 끝부분만을 보았다. 그 때 길고 가느다란 그림자가 천천히 그 아래로 지나갔다—15인치 (약 38cm)의 송어였다. 쏘어에게는 물이 너무 깊어서, 그는 흥분해서 뛰어들지 않았다.

끈기 있게 기다린 쏘어는 곧 이 인내를 보답 받았다. 아름다운 빨간 반점이 있는 송어가 그 부유물 아래에서 떠올라 나왔는데, 너무 갑작스러워 머스크와가 겁에 질려 비명을 질렀다. 쏘어의 거대한 발이 많은 물을 12피트 (약 3.7m) 높이로 공중으로 차올리자, 그 송어는 머스크와로부터 3피트 (약 91cm) 이내 떨어진 곳에 탁 부딪쳐 떨어졌다. 머스크와는 즉시 그 송어에게 다가갔다. 송어가 떨어져서 버둥거릴 때, 그의 날카로운 이빨이 송어에 박혔다.

쏘어는 통나무 위로 일어섰지만, 머스크와가 그 송어를 차지한 것을 보고 다시 원래 자세를 취했다. 머스크와가 첫 번째 진짜 사냥을 방금 마쳤을 때, 두 번째 물줄기가 솟구쳐 뿜어져 나왔고, 또 다른 송어가 공중에서 빠르게 회전하며 물가로 튕겨 나갔다. 이번에는 배고픈 쏘어가 빠르게 뒤따라갔다. 그들은 그 그늘진 개울 옆에서 이른 오후에 훌륭한 식사를 했다. 쏘어는 다섯 번이나 그 부유물 아래에서 물고기를 잡았지만, 머스크와는 아무리 노력해도 첫 번째 송어를 제외하고는 더 먹을 수 없었다.

저녁 식사 후 몇 시간 동안 그들은 통나무 더미 근처의 시원하고 숨겨진 곳에 누워 있었다. 머스크와는 깊은 잠에 빠지지 못했다. 그는 이제 삶이 대부분 자신이 책임져야 할 일이라는 것을 깨닫기 시작했고, 그의 귀는 소리에 민감해지기 시작했다. 쏘어가 움직이거나 깊은 한숨을 쉴 때마다, 머스크와는 그것을 알았다.

그날 쏘어와 함께 길고 고된 하루를 보낸 후, 머스크와는 불안감에 휩싸였다. 그는 큰 친구이자 먹이를 잡아주는 존재인 쏘어를 잃을까 봐 두려웠다. 그리고 그는 자신이 받아들인 보호자인 쏘어가 소리 없이, 보이지 않게 슬그머니 떠나지 못하게 하기로 결심했다. 하지만 쏘어는 그의 작은 동료를 버릴 생각이 전혀 없었다. 사실 쏘어는 머스크와를 상당히 좋아하게 되었다.

송어에 대한 갈망이나 적들에 대한 두려움만이 쏘어를 배빈강 물길의 하류 지역으로 이끌고 있는 것이 아니었다. 지난 일주일 동안, 그는 점차 커져 가는 불안감을 느꼈고, 그 불안감은 지난 이틀 또는 사흘 간 싸우고 도망치며 절정에 달했다. 그는 이상하고 채워지지 않는 갈망으로 가득 차 있었고, 머스크와가 덤불 사이에 있는 작은 공간에서 잠시 졸고 있을 때, 쏘어는 여러 특정한 소리에 예민하게 귀를 기울였고, 코로 자주 공기 냄새를 맡았다. 그는 짝을 원했다.

지금은 *푸스쿠웨페심(puskoowepesim)*—'털갈이하는 달'—이었고, 항상 이 달에 또는 '알을 낳는 달'인 6월 말에, 쏘어는 서쪽 산맥에서 그에게 오는 암컷 곰을 찾으러 다녔다. 그는 거의 완전히 습관을 유지하는 동물이었다. 그는 이 특정한 우회로를 항상 택했고, 다시 한참을 내려가 배빈강(Babine) 쪽으로 향하는 다른 골짜기로 들어갔다.

쏘어는 그 길을 따라가는 동안 물고기를 먹지 못한 적이 없었고, 그가 송어를 많이 먹을수록, 그에게서 송어 냄새는 더 짙게 풍겼다. 이 금빛 반점 무늬가 있는 송어의 향기가 자신을 짝에게 더 매력적으로 보이게 만든다는 점을 그가 알았을 가능성은 거의 없다. 어쨌든 그는 송어를 먹었고, 냄새를 많이 풍겼다. 그는 해가 지기 두 시간 전에 일어나 몸을 뻗었고, 물에서 물고기 세 마리를 더 잡았다. 머스크와는 그중 한 마리의 머리를 먹었고, 쏘어는 나머지를 다 먹었다. 그런 다음 그들은 여행을 계속했다.

머스크와가 이제 들어선 곳은 새로운 세계였다. 그곳에는 예전의 익숙한 소리들이 하나도 없었다. 상류 계곡에서 들리던 부드럽고 단조로운 소리는 사라졌다. 마멋도, 들꿩도, 여기저기 뛰어다니던 통통한 작은 땅다람쥐들도 없었다. 호수의 물은 고요하고 어둡고 깊었으며, 나무뿌리 아래에는 햇빛이 들지 않는 검은 웅덩이들이 숨어 있었다. 숲은 호수 아주 가까이에 붙어 있었다. 오를 바위는 없었지만, 축축하고 부드러운 통나무들, 굵은 쓰러진 나무들과 흩어진 덤불 더미만 있었다. 공기도 달랐다. 공기는 아주 고요했다. 쏘어와 머스크와의 발아래에는 때때로 부드러운 이끼로 된 멋진 카펫이 깔려 있어, 그 안에서 쏘어의 몸이 거의 겨드랑이까지 빠졌다. 숲은 기묘한 어둠과 수많은 신비로운 그림자로 가득 차 있었고, 숲에는 썩어가는 식물의 자극적인 냄새가 짙게 감돌았다.

쏘어는 이곳에서 그리 빠르게 이동하지 않았다. 고요함, 어둠과 숨이 막힐 듯한 냄새가 나는 공기가 그에게 경계심을 불러일으키는 듯했다. 그는 조용히 발걸음을 옮겼다. 그는 자주 멈춰서 주위를 둘러보고, 귀를 기울였다. 그는 나무뿌리 아래에 숨겨진 웅덩이 가장자리에서 냄새를 맡았고, 새로운 소리가 들릴 때마다 멈춰 섰다. 그는 머리를 낮게 숙였고 귀를 기울였다.

머스크와는 몇 번이나 어둠 속을 떠도는 이상한 것들을 보았다. 그것들은 겨울이 되면 눈에 더 잘 섞이도록 하얗게 변하는 커다란 회색 올빼미들이었다. 한 번은 거의 어두워졌을 때, 쏘어와 머스크와는 눈이 튀어나오고, 움직임이 유연하며, 사납게 생긴 동물을 길에서 마주쳤다. 그 동물은 쏘어를 보자 공이 튀듯 재빨리 도망쳤다. 그것은 스라소니였다.

아직 완전히 어두워지지 않았을 때, 쏘어는 아주 조용히 숲 속의 빈터로 나왔다. 머스크와는 자신이 개울가에 있다가, 큰 연못 가까이에 있음을 처음으로 깨달았다. 공기에는 새로운 종류의 생명체가 풍기는 숨결과 따스함이 가득했다. 그것은 물고기는 아니었지만, 그 연못에서 온 것 같았다. 연못 한가운데에는 진흙으로 덮인 커다란 덤불 더미처럼 보이는, 둥근 덩어리 세네 개가 있었다.

쏘어는 이 계곡의 끝에 올 때마다 항상 비버 마을을 들렀고, 가끔 그는 저녁이나 아침 식사로 살찌고 어린 비버를 사냥해 마음껏 먹었다. 그러나 이날 저녁에 그는 배가 고프지 않았고 서두르고 있었다. 그럼에도 불구하고 그는 연못 근처의 그늘에서 몇 분 동안 서 있었다. 비버들은 이미 그날 밤의 작업을 시작하고 있었다. 머스크와는 물 표면 위를 빠르게 움직이는 반짝이는 선들의 의미를 곧 이해했다. 각 선의 끝에는 항상 어둡고 납작한 머리가 있었고, 그는 이 선들 대부분이 연못의 먼 가장자리에서 시작되어, 동쪽으로 100야드 (약 91m) 떨어져 있는 물의 흐름을 막은 길고 낮은 방벽 쪽으로 곧장 향하고 있음을 이제 알아차렸다.

이 특정한 방벽은 쏘어에게 낯설었고, 비버들의 습성을 잘 아는 쏘어는 자신의 공학적인 친구들—자신이 가끔만 먹는—이 새로운 댐을 건설해 영토를 확장하고 있다는 것을 알았다. 쏘어와 머스크와가 지켜보았을 때, 두 마리의 일하는 뚱뚱한 비버가 4피트 (약 1.2m) 길이의 통나무를 연못으로 밀어 넣어 큰 물소리가 났고, 그중 한 마리가 통나무를 건설 작업 현장으로 이동시키기 시작했고, 그동안에 그의 동료는 다른 작업을 다시 시작했다. 잠시 후, 연못 반대편에 있는 숲에서 또 다른 비버가 나무를 베어 넘어뜨리는 데 성공하면서, 나무가 쓰러지는 소리가 났다. 그러자 쏘어는 댐 쪽으로 향했다.

순식간에 연못 한가운데에서 엄청난 굉음이 있었고, 이어서 물이 첨벙하는 큰 소리가 났다. 늙은 비버 한 마리가 쏘어를 보고, 물의 표면을 넓고 평평한 꼬리로 내리쳐, 경고 타격을 보낸 것이다. 그 소리는 고요한 공기를 갈라, 마치 총성이 울리는 듯했다. 별안간 사방에서 물이 튀고 비버들이 물에 뛰어들었다. 잠시 후 작업을 방해받은 스무 마리의 비버들이 덩굴로 엮고 진흙을 바른 안전한 요새로 피신하려고, 흥분한 채로 물 표면 아래로 뛰어들면서, 그 연못에 물결이 일었고 연못이 들썩거렸다. 그리고 머스크와는 이 모든 흥분된 상황에 몹시 빠져들어, 쏘어를 따라가는 것을 거의 잊을 뻔했다.

머스크와는 댐에서 쏘어를 따라잡았다. 잠시 동안 쏘어는 새로 만든 댐을 살펴본 후, 자신의 몸무게로 댐을 시험했다. 댐은 견고했고, 이미 만들어져 그들에게 유용한 이 다리를 지나, 그들은 반대편의 더 높은 지대로 건너갔다. 몇 백 야드 더 나아가서, 쏘어는 순록이 밟아 꽤 잘 다져진 길을 발견했고, 그들은 그 길을 따라 30분 정도 가서, 호수 끝을 돌아 북쪽으로 흐르는 개울에 이르렀다.

머스크와는 매 순간 쏘어가 멈추기를 바랐다. 그가 낮잠을 잤다고 해서 다리의 절뚝거림이나 약한 발바닥의 쓰라림이 없어진 것은 아니었다. 그는 여행에 질릴 대로 질려 있었다. 만약 그가 세상을 자신이 바라는 대로 조정할 수 있었다면, 그는 아마 한 달 내내 1마일 (약 1.6km)도 걷지 않았을 것이다. 단순히 걷기만 했다면 그리 나쁘지는 않았겠지만, 쏘어의 느긋한 걸음을 따라잡기 위해, 그는 빨리 걸어야 했다. 그것은 마치 키가 작은 네 살 아이가 큰 키의 빠르게 걷는 성인의 엄지손가락에 필사적으로 매달려 있는 것 같았다. 머스크와는 매달릴 엄지손가락조차 없었다. 그의 발바닥은 종기처럼 부풀었고, 약한 코는 덤불과 칼날처럼 날카로운 습지 풀에 부딪혀 헐어 있었다. 그는 작은 등이 패인 것 같이 느껴졌다. 그럼에도 그는 필사적으로 버티었고, 마침내 개울 바닥이 다시 모래와 자갈로 바뀌자, 걷는 것이 더 편해졌다.

이제 별들이 떠 있었다. 수백만 개의 별들이 또렷하고 찬란하게 빛났고, 쏘어가 '밤새 하는 도보 여행'을 하기로 마음먹은 것이 분명해 보였다. 크리족 추적자라면 '밤새 하는 도보여행'을 '*쿱파팁스크 피무태오*'(*kuppatipsk pimootao*)로 불렀을 것이다. 만약 천둥과 비, 번개의 정령들이 머리를 맞대어 그에게 휴식을 주지 않았다면, 머스크와의 운명이 과연 어떻게 되었을 지는 상상에 맡길 수밖에 없다. 약 한 시간 동안 별빛이 흐려지지 않았고, 쏘어는 영혼 없는 이방인처럼 계속 걸어갔다. 한편 머스크와는 네 발 모두 절뚝거리며 걸어갔다.

그때 서쪽에서 낮은 우르르 소리가 들려왔다. 그 소리는 점점 더 커졌고, 따뜻한 태평양에서 바로 빠르게 다가왔다. 쏘어는 불안해하며 공기를 냄새 맡았다. 시퍼런 번개들이 거대한 검은 장막과 같은 먹구름을 이리저리 가르기 시작했다. 그 먹구름은 폭풍을 품은 채, 거대한 커튼처럼 그들을 향해 다가오고 있었다. 별들은 사라지기 시작했다. 신음하는 바람이 불어온 다음 비가 내렸다.

쏘어는 한쪽 끝이 높고 안쪽으로 경사진, 임시 쉼터처럼 생긴 거대한 바위를 발견했고, 폭우가 내리기 전에 머스크와와 함께 이 아래로 살금살금 들어갔다. 몇 분 동안은 비보다는 홍수에 가까운 상황이었다. 마치 태평양의 일부가 퍼 올려져 그들에게 내린 것처럼 느껴졌고, 30분 만에 개울은 불어난 급류로 변했다.

번개와 천둥의 요란한 소리는 머스크와를 겁에 질리게 했다. 이제 그는 눈부신 불빛 속에서 쏘어를 볼 수 있었지만, 그 다음 순간에는 칠흑같이 어두웠다. 산봉우리들이 계곡으로 무너져 내리는 것처럼 보였고, 땅이 흔들리고 떨렸다. 머스크와는 쏘어에게 점점 바싹 달라붙다가, 마침내 그는 쏘어의 두 앞다리 사이로 파고들어가, 몸집이 큰 쏘어의 가슴을 덮은 긴 털 속에 반쯤 파묻혔다. 쏘어 자신은 이러한 자연의 격변에 크게 개의치 않았지만, 몸이 젖지 않도록 하는 데에는 신경을 많이 썼다. 그는 목욕할 때, 햇빛이 비치고 몸을 뻗을 수 있는 따뜻한 알맞은 바위가 바로 가까이에 있기를 바랐다.

첫 번째 격렬한 폭우가 지나간 뒤에도 한참 동안, 이슬비가 조용히 계속 내렸다. 머스크와는 이런 비를 좋아했다. 그는 대피처가 되어주는 바위 아래에서 쏘어에게 바짝 몸을 붙였고, 매우 편안함을 느끼며 쉽게 잠들었다. 쏘어는 홀로 오랫동안 불침번을 섰다. 그는 가끔 졸기도 했지만, 마음속 불안감 때문에 깊은 잠에 들지는 못했다.

자정이 지난 직후에 비는 그쳤지만, 매우 어두웠고 개울물이 불어 모래톱 위로 넘쳐흐르고 있었다. 쏘어는 바위 아래에 머물렀다. 머스크와는 푹 잠들어 있었다. 날이 밝자 쏘어의 움직임에 머스크와가 잠에서 깨어났다. 그는 여전히 발이 아프고 몸이 뻣뻣했지만, 어젯밤보다는 훨씬 나아진 기분으로, 쏘어를 따라 바깥으로 나갔다.

쏘어는 다시 개울을 따라가기 시작했다. 이 개울을 따라 낮은 평지와 많은 작은 늪지대가 이어졌다. 그곳에는 부드러운 풀과 뿌리들, 특히 줄기가 길고 가느다란, 그가 즐겨 먹는 백합이 무성하게 자라고 있었다. 하지만 체중이 1,000파운드 (약 454kg)나 되는 그리즐리 곰이 이런 채식 별미로 배를 채우자면 몇 시간이 걸리거나, 그렇지 않으면 하루 종일 걸릴 수도 있었다. 그리고 그는 낭비할 시간이 없다고 생각했다.

쏘어는 조금이라도 사랑에 빠지면 가장 열정적인 곰이었고, 그런 시기는 1년 중 고작 며칠이었다. 이러한 날 동안에 그는 생활 방식을 완전히 바꾸었다. 그래서 정열이 그를 사로잡고 있는 동안, 그는 더 이상 먹고 살 찌기 위해서만 존재하지 않았다. 단기간 동안 그는 먹기 위해 사는 습관을 그만

두고, 살기 위해 먹었다. 그래서 불쌍한 머스크와는 다음 저녁식사를 하기 전까지 거의 굶주리게 되었다.

그러나 마침내 이른 오후에, 쏘어는 지나칠 수 없는 물웅덩이에 다다랐다. 그 물웅덩이는 너비가 12피트 (약 3.7m)도 안 되었지만, 송어들로 북적거렸다. 그 물고기들은 위쪽 호수로 올라가지 못했고, 그 홍수철 이후로 너무 오랫동안 기다려, 배빈(Babine)강과 스키나(Skeena)강의 더 깊은 물로 내려갈 수 없었다. 그들은 이 물웅덩이로 대피했고, 이제 이 곳은 죽음의 덫이 되려던 참이었다.

물웅덩이 한쪽은 물 깊이가 2피트 (약 61cm)였고, 다른 쪽은 몇 인치에 불과했다. 이 사실에 대해 잠시 곰곰이 생각한 뒤, 쏘어는 가장 깊은 곳으로 걸어 들어갔다. 위쪽 기슭에서 머스크와는 어른거리는 그 송어들이 얕은 물로 날쌔게 움직이는 모습을 보았다. 쏘어가 서서히 앞으로 나아가, 이제 8인치 (약 20cm)가 안되는 얕은 물속에서 서자, 허둥대는 송어들이 잇따라 물웅덩이의 더 깊은 쪽으로 다시 도망치려고 애썼다.

쏘어의 큰 오른발이 물을 계속 끌어올리면서 많은 물보라를 일으켰다. 첫 번째 범람이 머스크와의 발을 쓰러뜨렸다. 그러나 범람이 되면서 2파운드 (약 907g) 무게의 송어 한 마리가 왔고, 머스크와는 그것을 빠르게 끌어내어 먹기 시작했다. 쏘어가 발을 힘차게 내리쳐 그 물웅덩이가 거세게 요동치자, 송어들은 완전히 당황해, 물웅덩이의 한쪽 끝에 닿자마자 방향을 틀어 다른 쪽 끝으로 쏜살같이 헤엄쳐 갔다. 송어들은 계속 이렇게 움직였고, 마침내 쏘어는 송어 무리 중에서 열두 마리 이상을 기슭으로 내던졌다.

머스크와와 쏘어는 각각 낚시와 물고기에 너무 몰두해서, 둘 다 방문객을 알아차리지 못했다. 거의 동시에 그들은 그를 발견했는데, 쏘어는 물웅덩이 속에서, 머스크와는 자기 물고기를 앞에 두고, 너무 놀란 나머지 30

초 동안 움직이지 않고 서서 바라보기만 했다. 방문객은 또 다른 그리즐리 곰이었다. 그는 마치 자신이 직접 낚시한 것처럼 뻔뻔스럽게, 쏘어가 물 밖으로 던져 놓은 물고기를 먹기 시작했다! 곰의 땅에서 이것보다 더한 모욕이나, 살려둘 수 없는 도전은 존재하지 않았다. 머스크와조차 그 사실을 알아차렸다. 그는 기대하며 쏘어를 바라보았다. 또 한 번의 싸움이 벌어질 것이기에, 머스크와는 기대하며 작은 입을 핥았다.

쏘어는 천천히 물웅덩이에서 올라왔다. 그는 기슭에서 멈춰 섰다. 두 그리즐리 곰은 서로를 가만히 보았다. 새로 나타난 곰은 물고기를 와삭와삭 씹으며 쏘어를 바라보았다. 어느 쪽에서도 으르렁거림은 없었다. 머스크와는 그들 사이에서 어떤 적대감의 기색도 알아차리지 못했다. 그런데 더 놀라운 일은, 쏘어가 그 침입자와 불과 3피트(약 91cm)도 안 되는 거리에서, 물고기를 먹기 시작한 것이었다!

어쩌면 인간은 하느님의 모든 창조물 가운데 가장 훌륭한 존재일지도 모른다. 그러나 나이에 대한 존중에 관해서는 인간은 그리즐리 곰을 능가하지 않고, 가끔은 그리즐리 곰보다 못하다. 쏘어는 나이 든 곰의 것을 빼앗지 않았고, 나이 든 곰과 싸우려 하지도 않았으며, 자신이 잡은 고기에서 나이 든 곰을 쫓아내지도 않았기 때문이다. 이는 일부 인간보다 그리즐리 곰이 낫다고 말할 수 있는 점이다.

그 방문객은 나이든 곰이었고, 병든 곰이기도 했다. 그는 키가 거의 쏘어만큼 컸지만, 너무 나이가 들어 가슴 너비는 절반에 불과했고, 목과 머리는 기이할 만큼 가늘어져 있었다. 인디언들은 그런 곰을 '*쿠야스 와푸스크*'(*Kuyas Wapusk*)로 부른다. '죽음을 앞둔 나이 든 곰'이라는 뜻이다. 인디언들은 그 곰을 해치지 않고 지나가게 놔두었고, 다른 곰들도 그를 관대하게 받아들여, 그가 어슬렁거리다가 우연히 고기를 발견하면 먹게 내버려둔다. 하지만 백인은 그를 죽인다.

이 나이 든 곰은 굶주리고 있었다. 발톱은 다 닳아 없어졌고, 털은 드문드문 나있었으며, 일부는 피부가 드러나 있었다. 그는 이가 거의 없고 붉고 굳어진 잇몸만 남아 간신히 씹었다. 만약 그 곰이 가을까지 살아남는다면, 그는 마지막으로 겨울잠을 자기 위해 굴에 들어갈 것이다. 어쩌면 죽음이 그보다 훨씬 더 일찍 찾아올 수도 있다. 만일 그렇다면 *쿠야스 와푸스크*는 때가 다가왔음을 느끼고, 마지막 숨을 거두기 위해 숨겨진 동굴이나 바위 틈 깊숙이 기어들어갈 것이다. 브루스나 짐이 아는 한, 로키산맥 (Rocky Mountains) 전역에서 자연사한 그리즐리 곰의 뼈나 시신을 발견한 이는 단 한 사람도 없었기 때문이다.

큰 몸집의 쏘어는 인간 사냥꾼에게 쫓기고 상처를 입으면서, 이것이 *쿠야스 와푸스크*에게 이 세상에서의 마지막 진정한 만찬이 될 것임을 이해하는 듯했다. 쿠야스 와푸스크는 너무 나이가 들어 스스로 낚시나 사냥을 할 수 없었고, 부드러운 백합 뿌리조차 파낼 수 없었다. 그래서 쏘어는 쿠야스 와푸스크가 마지막 물고기를 다 먹을 때까지 그를 내버려두었고, 그런 다음에 자신을 뒤따라오는 머스크와와 함께 나아갔다.

12장

쏘어는 그 힘든 북쪽 여행으로 머스크와를 두 시간 더 이끌었다. 그들은 큰 뿔 양 길을 떠난 이후로 상당히 먼 20마일 (약 32km)을 여행했고, 햇볕에 탄 얼굴의 작은 새끼 곰에게 그 20 마일은 마치 세계 여행과 같았다. 보통 새끼 곰은 태어난 곳에서 멀리 떨어져서 가지 않았을 것이다. 새끼 곰은 두 살이 되어야 고향을 떠나 멀리 이동할 수 있으며, 어쩌면 세 살이 되어야 비로소 가능했을지도 모른다.

이 골짜기를 따라 걸어 내려오는 여정 동안, 쏘어는 산비탈에서 한 번도 시간을 낭비하지 않았다. 그는 개울을 따라 가장 쉬운 길을 골라 걸었다. 쏘어와 머스크와가 나이 든 곰을 떠난 물웅덩이에서 3~4마일 (약 4,828~6,437m) 내려왔을 때, 쏘어는 정확히 서쪽으로 방향을 틀어 이 방식을 갑자기 바꾸었다.

잠시 후 쏘어와 머스크와는 다시 산을 오르고 있었다. 그들은 약 1/4마일 (약 402m)에 걸친 긴 풀밭 비탈을 올랐고, 머스크와의 다리에 다행스럽게도, 이 길은 넘어가는 지형의 매끈하고 평평한 바닥으로 이어졌고, 이 덕분에 그들은 크게 애쓰지 않고 다른 골짜기의 경사면에 도달할 수 있었다. 이 골짜기로부터 남쪽으로 20마일 (약 32km) 떨어진 발삼 전나무 숲에서 쏘어는 흑곰을 잡았었다.

쏘어가 자기 영역의 북쪽 구역을 내려다본 순간부터, 그에게 변화가 일어났다. 별안간 그는 서두르려는 열의를 잃은 듯했다. 15분 동안 그는 서서 그 골짜기를 내려다보며, 공기 냄새를 맡았다. 그는 천천히 내려갔고, 그가 녹색 초원과 개울 바닥에 도달했을 때, 그는 남쪽과 서쪽에서 불어오는 바람을 정면으로 맞으며 *힘겹게 앞으로 나아갔다.*

바람은 쏘어가 원하던 암컷 짝의 냄새를 실어 오지 않았다. 그러나 이성보다 더 확실한 본능이 그녀가 가까이 있거나 있을 것이라고 그에게 느끼게 했다. 그는 사고, 질병이나 사냥꾼들이 그녀를 죽였을 가능성은 고려하지 않았다. 그는 항상 이곳에서 그녀를 찾기 시작했고, 곧 그녀를 찾았다. 그는 그녀의 냄새를 알았다. 그리고 그는 냄새를 놓치지 않기 위해, 개울 바닥을 여러 번 가로질렀다.

쏘어가 상사병에 걸렸을 때, 그는 어느 정도 인간과 비슷했다. 즉, 그는 바보가 되었다. 다른 모든 것들의 중요성은 점차 줄어들어 의미를 잃었다. 다른 때에는 별처럼 고정되었던 그의 습관들이 완전히 중단되었다. 그는 심지어 배고픔을 잊었고, 마멋들과 땅다람쥐들은 꽤 안전했다. 그는 지치지 않았다. 그는 연인을 찾아 밤낮을 가리지 않고 어슬렁거렸다.

이렇게 쏘어가 흥분한 시간에, 그가 머스크와를 거의 완전히 잊어야 하는 것은 매우 자연스러운 일이었다. 해가 지기 전까지 쏘어는 그 개울을 적어도 열 번은 가로질렀고, 지치고 거의 포기 직전인 머스크와는 물속을 걸어서 건너고 헤엄치고 허우적거리며 쏘어를 쫓다가, 거의 익사할 뻔했다. 열 번째나 열두 번째 쏘어가 그 개울을 걸어서 건너자, 머스크와는 반항하며 쏘어와는 다른 길을 가면서 쏘어를 따라갔다. 쏘어는 얼마 지나지 않아 돌아왔다.

이 일이 있고 난 직후, 해가 막 지려던 참에 예기치 않은 일이 벌어졌다.

희미하게 불던 바람이 갑자기 곧장 동쪽으로 방향을 틀더니, 반 마일 (약 805m) 떨어진 서쪽 경사면에서 어떤 냄새를 실어 왔다. 그 냄새는 쏘어를 약 30초간 제자리에서 꼼짝 못 하게 만들었고, 이윽고 그는 그 냄새에 이끌려, 네 발이 있는 모든 동물 중 가장 어색한 걸음걸이로 느리게 달려가기 시작했다.

머스크와는 마치 공처럼 굴러가듯 달리며 필사적으로 쏘어를 쫓아갔지만, 뛰어갈 때마다 점점 뒤처졌다. 그 반 마일 (약 805m) 구간에서, 만약 쏘어가 상황을 다시 파악하기 위해 첫 번째 경사면의 아래쪽 근처에서 멈추지 않았더라면, 머스크와는 쏘어를 완전히 놓쳤을 것이다. 쏘어가 경사면을 오르기 시작하자 머스크와는 그를 볼 수 있었고, 머스크와는 쏘어에게 잠시 기다려 달라고 날카롭게 외치며, 그를 다시 쫓아갔다.

산 중턱을 200~300야드 (약 183~274m) 오르자, 비탈은 아래로 완만하게 경사지며 움푹 팬 지형으로 이어졌다. 이 골짜기 안에서는 쏘어처럼 공기를 냄새 맡으며 탐색하고 있는, 산맥을 넘어온 아름다운 암컷 그리즐리 곰이 있었다. 작년에 그녀에게서 태어난 새끼 곰들 중 한 마리가 그녀와 함께 있었다. 쏘어가 산 정상 위에 왔을 때, 그는 그녀로부터 50야드 (약 46m) 이내에 있었다. 그는 멈춰 섰다. 그는 그녀를 바라보았다. 그리고 '암컷' 이스콰오 (Iskwao)가 그를 바라보았다.

그때부터 곰의 진정한 구애가 시작되었다. 짝에 대한 모든 서두름, 열망과 욕망이 쏘어에게서 사라진 듯 보였고, 만약 이스콰오가 과거에 짝에 대한 열망과 갈망을 품었더라면, 그녀는 지금 완전히 무심해졌다. 2~3분 동안 쏘어는 서서 태연하게 주변을 둘러보았고, 이 시간 동안 머스크와는 쏘어에게 다가가 그의 옆에 앉았다. 머스크와는 또 다른 싸움이 일어날 것이라고 예상하고 있었다.

이스콰오는 쏘어가 자기 생각에서 1000마일 (약 1609km)쯤 떨어져 있는 것처럼 그를 신경 쓰지 않고, 평평한 바위를 뒤집어 땅벌레와 개미를 찾기 시작했다. 이 금욕주의자의 무관심에 지지 않으려는 쏘어는 한 묶음의 풀을 뽑아먹었다. 이스콰오가 한두 걸음 이동하자, 쏘어도 한두 걸음을 이동했고, 마치 순전히 우연처럼 그들의 발걸음은 서로를 향했다.

머스크와는 당황했다. 더 나이 든 새끼 곰도 당황했다. 그들은 마치 한쪽이 다른 쪽보다 몸집이 세 배 큰 두 마리의 개처럼, 엉덩이를 붙이고 앉아 무슨 일이 일어날지 궁금해했다. 쏘어와 이스콰오가 서로 5피트 (약 1.5m) 이내에 도달하는 데 5분이 걸렸고, 그 후 그들은 매우 점잖게 코를 맞대어 냄새를 맡았다.

한 살 된 새끼 곰이 가족의 일원이 되었다. 인디언들은 그를 피푸나스쿠스(Pipoonaskoos)—'한 살이 된 새끼'로 불렀기 때문에, 그는 매우 긴 이름을 가지기에 딱 맞는 나이였다. 그는 대담하게 쏘어와 어머니에게 다가갔다. 잠시 쏘어는 그를 알아차리지 못한 듯 보였다. 그때 쏘어는 긴 오른쪽 앞다리를 뻗어 갑자기 어퍼컷을 휘둘러 피푸나스쿠스를 공중으로 뜨게 해, 그가 빙글빙글 돌며 머스크와가 있는 곳으로부터 2/3 떨어진 지점까지 날아가게 했다.

어미 곰은 새끼가 튕겨져 나가는 일에 전혀 신경 쓰지 않았고, 여전히 쏘어와 코를 맞대며 애정을 기울여 냄새를 맡고 있었다. 그러나 머스크와는 이것이 또 다른 격렬한 싸움의 전조일 것이라 생각하고, 날카로운 소리로 도전을 외치며, 경사면을 빠르게 내려가 전력을 다해 피푸나스쿠스를 공격했다.

피푸나스쿠스는 '마마보이'였다. 즉 그는 독립하지 않고 두 번째 시기까지 어미 곰을 계속 따라다니는 새끼 곰들 중 한 마리였다. 그는 다섯 달 동안 모유를 먹었고, 어미 곰은 그를 위해 맛있는 먹이를 계속 구해주었다. 그는 살이 오르고, 윤기가 나며 부드러웠다. 사실, 그는 산에서 '귀엽고 연약한 존재'였다. 반면에 머스크와는 며칠 만에 큰 용기를 얻었고, 비록 그는 피푸나스쿠스의 1/3 크기밖에 안 되었고, 발이 아프고 등이 쑤셨지만, 쏟아진 총알처럼 피푸나스쿠스를 덮쳤다.

쏘어의 어퍼컷에 맞은 충격으로 여전히 멍했던 피푸나스쿠스는, 이 갑작스러운 공격에 놀라 어미에게 날카롭게 외치며 도움을 청했다. 그는 싸움을 해본 적이 한 번도 없었고, 등과 옆구리를 바닥에 대고 뒹굴고 발버둥치고 할퀴며 비명을 질렀다. 그 사이 머스크와의 바늘 같은 이빨이 그의 연약한 가죽에 거듭 박혔다.

운 좋게도 머스크와가 피푸나스쿠스의 코를 한 번 깊게 물었다. 만약 마마보이 피푸나스쿠스에게 조금이라도 용기가 남아 있었다면, 이 일이 그에게서 용기를 빼앗았을 것이다. 머스크와는 필사적으로 코를 물고 늘어지는 동안에, 피푸나스쿠스는 자신이 살해당하고 있다고 어미에게 알리며, 계속 비명을 질렀다. 이 울부짖음에 이스콰오는 전혀 신경 쓰지 않고 쏘어와 계속 코를 맞대며 냄새를 맡고 있었다.

마침내 피푸나스쿠스는 피를 흘리는 코를 자유롭게 하여, 더 큰 체중에서 나오는 힘만으로 머스크와를 떨쳐내고 전력 질주로 도망쳤다. 머스크와는 용감하게 계속 그를 쫓았다. 그들은 두 번이나 분지를 돌았고, 머스크와는 더 짧은 다리에도 불구하고 달려서 피푸나스쿠스를 거의 따라잡았다. 그때 피푸나스쿠스는 두려움에 차서 옆을 잠깐 힐끗 보았고, 바위에 부딪혀 쓰러졌다. 그 순간, 머스크와는 다시 그에게 달려들었고, 쏘어와 이스콰오가 산비탈의 가장자리를 넘어 골짜기 쪽으로 천천히 사라지는 모습을 우연히 보지 않았다면, 머스크와는 힘이 다할 때까지 계속 물고 으르렁거렸을 것이다.

순식간에 머스크와는 싸움을 잊었다. 쏘어가 다른 곰을 물어뜯는 대신, 이스콰오와 함께 떠나고 있다는 사실을 알고 그는 놀랐다. 피푸나스쿠스도 정신을 차리고 그 모습을 바라보았다. 그 때 머스크와가 피푸나스쿠스를 바라보았고, 피푸나스쿠스도 머스크와를 바라보았다. 햇볕에 얼굴이 그을린 새끼 곰은 입을 한 번 핥았다. 그는 앞으로 피푸나스쿠스에게 상처를 입힐 즐거움과 쏘어를 따라가야 하는 더 필수적인 의무 사이에서 갈등하는 듯했다. 그러나 피푸나스쿠스는 그에게 선택의 여지를 주지 않았다. 피푸나스쿠스는 낑낑거리며 어미를 쫓아갔다.

그 두 새끼 곰들에게 흥미진진한 시간이 이어졌다. 그 밤 내내, 쏘어와 이스콰오는 버펄로 버드나무숲과 개울 바닥의 발삼 전나무 숲속에서 둘만 머물렀다. 초저녁에 피푸나스쿠스는 다시 어머니에게 몰래 다가갔고, 쏘어는 그를 들어 올려 개울 한가운데에 놓았다. 쏘어의 불쾌함을 보여주는 두 번째 증거는, 나이 든 곰들이 새끼 곰들과 함께 있기를 원하지 않는다는 사실을 머스크와로 하여금 깨닫게 했다. 그 결과 머스크와와 피푸나스쿠스는 서로를 경계하고 의심하는 가운데, 휴전 상태에 들어갔다.

다음 날 하루 종일 쏘어와 이스콰오는 둘만 따로 시간을 보냈다. 아침 일찍 머스크와는 먹이를 찾아 조금씩 이곳저곳을 돌아다니기 시작했다. 그는 부드러운 풀을 좋아했지만, 배를 채우기엔 부족했다. 몇 차례 그는 피푸나스쿠스가 개울 근처의 부드러운 땅을 파고 있는 모습을 보았고, 마침내 부분적으로 파인 구멍에서 그를 쫓아내고 스스로 파헤쳤다. 조금 더 파낸 후 그는 하얗고 둥글며 연한 구근을 하나 뽑았는데, 그것은 심지어 생선을 포함해서, 여태껏 먹어본 것 중 가장 달고 맛있는 것이었다. 그것은 그가 결국 먹는 법을 알게 될 모든 맛있는 것들 중 하나의 *진미* (*bonne bouche*)로, 바로 클레이토니아 (역주: spring beauty 식용 야생초 이름)였다. 그것과 조금이라도 견줄만한 다른 유일한 것은 얼레지 (dogtooth violet)였다. 클레이토니아는 그의 주변에 많이 자라고 있었고, 그는 발이 몹시 아플 때까지 계속 파냈다. 그렇지만 그는 배불리 먹은 것에 만족했다.

쏘어 때문에 머스크와와 피푸나스쿠스가 다시 싸우게 되었다. 늦은 오후 나이 든 곰들이 덤불 속에 나란히 누워 있을 때, 쏘어는 아무런 분명한 이유 없이 거대한 입을 벌리고, 낮고 일정한 으르렁거리는 포효 소리를 냈다. 그 소리는 그가 거대한 흑곰의 숨통을 끊었을 때 냈던 소리와 매우 비슷하게 들렸다. 이스콰오도 고개를 들고 그 소리에 동참했다. 둘 다 그 행동을 하는 동안 매우 평온했고 꽤 행복했다. 짝짓기 중인 곰들이 왜 이 소름 끼치는 이중창에 몰두하는지는, 오직 곰들만이 설명할 수 있는 수수께끼이다. 이중창은 약 1분간 이어졌고, 이 1분 동안에 덤불 밖에 누워 있던 머스크와는 쏘어가 피푸나스쿠스의 어미를 공격할 통쾌한 시간이 왔다고 확신했다. 그리고 그는 즉시 피푸나스쿠스를 찾으러 나섰다.

불행히도 바로 그때 피푸나스쿠스가 덤불 가장자리를 몰래 돌아오고 있었고, 머스크와는 그에게 물어볼 기회를 주지 않고 검은 번개처럼 빠르게 달려들었다. 피푸나스쿠스는 살찐 아기처럼 넘어졌다. 몇 분 동안 그들은 서로 물고 찌르고 할퀴었는데, 머스크와가 대부분 물고 찌르고 할퀴는 동안, 피푸나스쿠스는 온 힘과 시간을 들여 비명을 지르는 데 전념했다. 결국 더 큰 새끼 곰은 다시 도망쳐 사라졌다. 머스크와는 그를 쫓아 덤불 속으로 들어갔다가 나와서, 개울 쪽으로 내려갔다가 돌아와서, 산비탈을 반쯤 올라갔다가 다시 내려왔다. 이윽고 머스크와는 너무 지쳐서 쉬기 위해 배를 깔고 누워야 했다.

이때 쏘어가 덤불에서 나타났다. 그는 혼자였다. 어젯밤 이후 처음으로, 그는 머스크와를 알아차린 것 같았다. 그런 다음 그는 골짜기 위쪽과 아래쪽에서 바람 냄새를 맡고 나서, 방향을 바꾸어 전날 오후에 그들이 내려왔던 먼 산비탈을 향해 곧장 걸어갔다. 머스크와는 기쁘면서도 갈팡질팡했다. 그는 덤불 속으로 들어가 으르렁거리며, 그 안에 틀림없이 있을 죽은 곰의 가죽을 잡아당기고 싶었고, 피푸나스쿠스를 끝장내고 싶기도 했다.

잠시 망설인 후, 그는 쏘어를 쫓아 달려갔고, 다시 쏘어의 바로 뒤에서 쏘어를 따라갔다.

잠시 후, 이스콰오가 그 덤불에서 나와, 쏘어가 맡았던 것처럼 바람 냄새를 맡았다. 그리고 나서 그녀는 반대 방향으로 돌아서, 피푸나스쿠스를 가까이 뒤에 둔 채, 산비탈을 올라, 저무는 해를 향해 천천히 꾸준히 계속 걸어갔다. 이렇게 쏘어의 구애와 머스크와의 첫 싸움은 끝났다. 그들은 동쪽으로 다시 함께 나아갔다. 그리고 그들은 네 발이 있는 짐승에게 산속에서 일어난 가장 끔찍한 위험에 직면하게 되었다. 그 위험은 잔혹하고 피할 길이 없고, 죽음을 수반하는 것이었다.

13장

　이스콰오와 피푸나스쿠스를 떠난 후 첫날밤에, 큰 그리즐리 곰과 햇볕에 그을린 얼굴의 새끼 곰은 눈부신 별들 아래에서 잠도 자지 않은 채 어슬렁거렸다. 쏘어는 고기를 사냥하지 않았다. 그는 가파른 비탈을 오른 다음, 움푹 팬 곳의 이판암 경사면을 내려갔고, 산기슭에 숨겨진 작은 분지 안에 있는 부드럽고 푸른 초원에 이르렀다. 그곳에는 가느다란 줄기, 백합처럼 생긴 두 장의 잎, 다섯 장의 꽃잎으로 이루어진 단 하나의 꽃송이와 달콤한 구근을 지닌 얼레지가 많이 자라고 있었다. 쏘어는 여기에서 밤새도록 얼레지 구근을 파서 먹었다.
　클레이토니아 구근으로 배를 채운 머스크와는 배가 고프지 않았다. 싸운 것 외에 그는 평화로운 하루를 보냈기에, 반짝이는 별빛으로 가득한 이 밤이 무척 즐거웠다. 밤 10시쯤 달이 떠올랐고, 그것은 머스크와가 짧은 생애 동안 본 가장 크고, 가장 붉고, 가장 아름다운 달이었다. 달은 산봉우리를 넘어 숲속 화재처럼 불쑥 나타났고, 로키 산맥 전체를 경탄할 만한 빛으로 채웠다. 약 10에이커 (약 12,242평)의 초원이 있는 분지는 거의 대낮처럼 밝았다. 산기슭의 작은 호수는 부드럽게 반짝였고, 1000피트 (약 305m) 위에서 녹은 눈에서 비롯되어 호수로 물을 흘려보내는 작은 개울이, 반짝이는 작은 폭포를 이루며 급히 쏟아져 내렸다. 그 폭포는 달빛을 받아, 은은한 빛을 머금은 다이아몬드 조각들이 흐르는 개울처럼 보였다.

초원 주변에는 작은 덤불, 몇 그루의 발삼 전나무와 가문비나무가 흩어져 있었는데, 마치 장식용으로 그곳에 놓인 것처럼 보였다. 한쪽에는 좁고 푸른 초목으로 덮인 경사면이 1/3 마일 (약 536m)가량 위로 비탈져 있었고, 그 꼭대기에 머스크와와 쏘어의 눈에 띄지 않는 곳에 양 무리가 잠자고 있었다. 머스크와는 항상 쏘어 곁에서 덤불, 발삼 전나무와 가문비나무의 어두운 그림자와 호숫가를 살피며 어슬렁거렸다. 여기에서 머스크와는 발의 통증을 많이 완화시키는 부드러운 진흙 웅덩이를 발견했다. 그는 밤에 스무 번이나 진흙 속을 걸어 다녔다.

새벽이 밝아올 때조차 쏘어는 분지를 떠나기 위해 서두르는 것 같지 않았다. 태양이 상당히 높이 떠오를 때까지 그는 초원과 호숫가를 계속 돌아다니며, 때때로 뿌리를 파내고 연한 풀을 먹었다. 이 행동은 머스크와를 불쾌하게 하지 않았다. 머스크와는 얼레지 구근들로 아침을 해결했다.

머스크와를 어리둥절하게 만든 한 가지 문제는 쏘어가 왜 호수에 들어가 송어를 물 밖으로 내던지지 않는가였다. 머스크와는 물고기가 살지 않는 물도 있다는 사실을 아직 배우지 못했기 때문이다. 결국 그는 스스로 낚시를 했고, 검고 딱딱한 껍질을 가진 물방개를 잡는 데 성공했지만, 그 물방개가 한 쌍의 바늘 같은 집게발로 그의 코를 집어 물자 비명을 질렀다.

약 열 시쯤 되었고, 햇빛으로 가득 찬 분지는 두꺼운 털로 덮인 곰에게는 마치 따뜻한 오븐 같았다. 그때 쏘어는 폭포 근처의 바위들 사이를 뒤져, 옛날 지하 저장고만큼 시원한 곳을 찾았다. 그것은 작은 동굴이었다. 동굴 주변의 점판암과 사암은 여러 산봉우리에서 흘러내리는 눈에서 녹은 수많은 가느다란 물줄기로 인해, 모두 어둡고 축축하며 차가웠다. 이곳은 7월 낮에 쏘어가 머물기 좋아하던 딱 그런 장소였다. 하지만 머스크와에게는 어둡고 음침해서, 햇살 아래 있을 때와 비교하면 유쾌함을 천분의 일도 느낄 수 없었다. 그래서 한두 시간쯤 지나자, 그는 쏘어를 차가운 물속에 남겨 둔 채, 위험한 바위 턱을 살펴보기 시작했다.

처음 몇 분 동안은 모든 게 순조로웠다. 그때 머스크와는 아주 얕은 물줄기가 그 위로 흐르고 있는, 녹색의 점판암 경사면을 밟았다. 수 세기 동안 바로 그 방식으로 물이 경사면 위로 흐르고 있었고, 점판암 경사면은 광택이 나는 진주의 표면처럼 매끄럽게 닳았으며, 그곳은 기름칠한 장대처럼 미끄러웠다.

머스크와의 발은 그 아래에서 순식간에 미끄러져서, 그는 무슨 일이 일어났는지를 알지 못했다. 다음 순간에 그는 100피트 (약 30m) 아래의 호수를 향해 가는 도중에 계속 굴렀다. 그가 얕은 웅덩이에 빠져 물이 튀었다. 그는 작은 폭포를 고무공처럼 튀듯이 넘었다. 그는 숨이 턱 막혔고, 물에 빠지고 충격을 받아, 시야가 흐려지고 정신이 멍했다. 그는 점점 더 빠르게 굴러갔다. 처음에 그는 겁에 질려, 비명을 여섯 번 계속 질렀고, 이 소리가 쏘어를 잠에서 깨웠다.

여러 산봉우리에서 흘러내리는 물이 호수로 떨어지는 지점에는 10피트 (약 3m)의 급격한 낙하지점이 있었고, 머스크와는 이 급경사를 넘어서 추진력을 받아, 두 배 더 멀리 호수 안의 웅덩이 쪽으로 튕겨 나갔다. 그는 큰 첨벙 소리를 내며 물에 빠졌고 사라졌다. 그는 물속으로 깊이 가라앉았고, 그곳에서 모든 것은 어둡고 차가웠으며 숨이 막히게 했다. 그때 자연이 그에게 준 구명 조끼인 그의 지방 덕분에, 그는 수면 위로 떠올랐다. 그는 네 발로 물을 저으며 헤엄치기 시작했다. 그것이 그의 첫 번째 수영이었다. 그리고 그가 마침내 기슭으로 올라왔을 때, 그는 지쳐 기진맥진한 상태였다.

머스크와가 여전히 헐떡이며 몹시 겁에 질린 채 누워 있는 동안, 쏘어가 바위에서 내려왔다. 머스크와의 어미는 그의 발에 호저 가시가 박혔을 때,

그를 제대로 한 대 때렸다. 그녀는 그가 사고를 칠 때마다 그를 때렸는데, 때리는 것이 좋은 약이라고 믿었기 때문이다. 새끼 곰에 대한 교육은 주로 때리는 것으로 이루어진다. 그녀라면 지금 그를 강하게 한 대 때렸을 것이다. 하지만 쏘어는 그저 그의 냄새를 맡고, 그가 괜찮은지를 확인한 뒤, 얼레지 구근을 파내기 시작했다.

쏘어는 얼레지 구근을 파내다가 갑자기 멈췄다. 그는 30초 동안 조각상처럼 서 있었다. 머스크와는 벌떡 일어나 몸을 털고 나서 귀를 기울였다. 둘 다에게 소리가 들려왔다. 그러자 쏘어는 천천히 우아한 동작으로 몸을 꼿꼿이 일으켜 세웠다. 그는 북쪽을 향했고 귀를 앞으로 세웠다. 그의 콧구멍의 예민한 근육이 실룩거렸다. 그는 아무 냄새도 맡을 수 없었지만, *들었다*!

쏘어와 머스크와가 올라왔던 경사면 너머에서, 쏘어가 전혀 들어본 적이 없었던 새로운 소리가 희미하게 들려왔다. 그것은 개들이 짖는 소리였다. 2분 동안 그는 거대한 몸의 근육을 단 하나도 움직이지 않은 채, 엉덩이를 깔고 앉았다. 오직 그의 코에서 실룩거리는 근육만이 움직이고 있었다.

산 아래 움푹 팬 이 골짜기 깊은 곳에서는 소리도 쏘어에게 닿기 어려웠다. 쏘어는 재빨리 네 발로 자세를 낮추고, 남쪽에 있는 푸른 경사면으로 향했다. 그 경사면 꼭대기에서는 전날 밤 동안 양 떼가 잠들어 있었다. 머스크와가 서둘러 그를 뒤따라갔다. 쏘어는 경사면을 100야드 (약 91m) 오른 뒤, 멈춰서 몸을 돌렸다. 그리고 다시 두 발로 일어섰다. 이제 머스크와도 북쪽을 향했다. 갑작스레 바람이 아래로 불어오자, 개들이 짖는 소리가 그들에게 또렷이 들려왔다.

반 마일 (약 805m)도 채 떨어지지 않은 곳에서, 짐의 훈련된 에어데일 테리어 무리가 의욕에 불타 냄새를 쫓고 있었다. 개들의 짖는 소리에는 격한 흥분이 실려 있었고, 개들보다 1/4마일 (약 402m) 뒤에 있던 브루스와 짐은 그 소리로 사냥감이 가까이에 있음을 알아차릴 수 있었다. 그리고 개들의 짖는 소리는 그들보다 훨씬 더 쏘어를 자극했다. 그의 세계에 새로운 적이 왔음을 그에게 알려준 것은 이번에도 본능이었다. 그는 두렵지 않았다. 하지만 그는 본능적으로 뒤로 물러섰고, 그는 산을 더 높이 올라가, 거칠고 울퉁불퉁한 지대에 이르러 다시 한번 걸음을 멈췄다.

이번에 쏘어는 기다렸다. 위협이 무엇이든, 그것은 바람처럼 빠르게 더 가까이 다가오고 있었다. 그는 골짜기로부터 분지를 가려준 경사면을 따라 그것이 올라오는 소리를 들을 수 있었다. 그 경사면의 정상은 그의 눈높이와 거의 같았고, 그가 바라보았을 때 개 무리의 우두머리가 경사면의 가장자리를 넘어 올라와, 하늘을 배경으로 윤곽을 드러내며 잠시 서 있었다. 다른 개들이 그 뒤를 빠르게 따라갔다. 개들은 언덕 꼭대기에서 약 30초 동안 꼿꼿이 서서, 발 아래 있는 분지를 내려다보고 그곳에 가득한 진한 냄새를 맡았다.

그 30초 동안, 쏘어는 움직이지 않고 적들을 지켜보았다. 그 사이 그의 깊은 가슴속에서 낮고 끔찍한 으르렁거리는 소리가 서서히 커졌다. 무리 지은 개들이 산의 분지로 내려가며 다시 짖기 시작하고 나서야, 비로소 그는 계속 물러섰다. 그러나 그것은 도피가 아니었다. 그는 두렵지 않았다. 그는 계속 이동했다―그것이 그의 일이었기 때문이다. 그는 싸움을 원하지 않았고, 산 아래에 있는 초원과 작은 호수에 대한 소유권을 지키고자 하는 바람조차 없었다. 다른 초원과 다른 호수들이 있었고, 그는 본래 싸움을 좋아하지 않았다. 그러나 그는 싸울 준비가 되어 있었다.

쏘어는 계속해서 위협적으로 으르렁거렸고, 그의 내면에서는 억눌린 분노가 서서히 타오르고 있었다. 그는 바위들 사이로 몸을 숨겼고, 머스크와가 바짝 그의 뒤를 따라 살금살금 걷는 가운데, 그는 바위 턱을 따라 이동했다. 그는 거대한 암석 절벽을 기어오르고, 집 절반 크기만 한 바위들 사이를 누비며 나아갔다. 그러나 그는 단 한 번도 머스크와가 쉽게 따라오지 못할 곳으로 가지 않았다. 쏘어는 한때 바위 턱에서 더 높은 곳에 있는 돌출된 사암 틈으로 몸을 끌어올렸다가, 머스크와가 오르지 못하는 것을 보고, 다시 내려와 다른 길로 갔다.

개들의 짖는 소리가 이제 분지 깊은 곳에서 울려 퍼졌다. 그때 그 소리는 바람을 타고 날아오르듯 빠르게 올라오기 시작했고, 쏘어는 개 무리가 푸른 경사면을 오르고 있다는 것을 알았다. 그는 다시 걸음을 멈추었고, 이번에는 개들의 짙고 고약한 냄새가 바람을 타고 그에게 전달되었다. 그 냄새는 그의 거대한 몸의 모든 근육을 긴장시키고, 내면에서 마치 이글거리는 용광로처럼 낯선 격정을 타오르게 했다. 개들과 함께 *인간의 냄새*도 왔다!

쏘어는 이제 조금 더 빠르게 위로 올라갔고, 그가 바위들이 거칠게 솟아오른 작은 공터에 들어섰을 때, 개들이 격렬하고 즐겁게 짖는 소리가 고작 100야드 (약 91m)도 안 되는 거리에서 들려오는 듯했다. 산비탈에는 수직으로 솟은 벽이 있었다. 반대편에서 20피트 (약 6m) 떨어진 곳에는 100피트 (약 30m)의 거의 수직인 낭떠러지가 있었다.

앞길은 산어깨에서 떨어진 거대하고 험한 바위 때문에 막혀 있었고, 그 바위 틈으로 쏘어의 몸이 간신히 지나갈 수 있는 폭 좁은 오솔길이 하나 있었다. 거대한 그리즐리 곰 쏘어는 이 바위와 그 사이에 난 틈 아주 가까이로 머스크와를 데리고 간 뒤, 머스크와가 자신의 뒤에 있도록 갑자기 뒤돌았다. 그들에게 위험이 임박한 상황에서, 어미 곰이라면 머스크와를 바위벽 틈의 안전한 곳으로 몰아넣었을 것이다. 쏘어는 이렇게 하지 않았다. 그는 다가오는 위험에 정면으로 맞서며, 뒷발로 우뚝 몸을 일으켜 세웠다.

그가 따라온 길에서 20피트 (약 6m) 떨어진 곳에서, 그 길은 수직 벽의 튀어나온 부분 주변에서 급격히 방향이 틀어져 있었다. 이제 쏘어는 자신이 만들어 둔 덫을 붉고도 무시무시한 눈으로 주시하고 있었다. 사냥개 무리가 큰 소리로 짖으며 달려오고 있었다. 튀어나온 부분을 지나 50야드(약 46m) 떨어진 곳에서, 개들은 어깨를 나란히 하고 달리고 있었다. 잠시 후 그중 첫 번째 개가 쏘어가 직접 고른 싸움터로 돌진해 들어왔다. 나머지 대부분의 개들이 너무 바짝 뒤따라가서, 선두의 개들은 제때에 멈추려고 미친 듯이 애쓰다가 쏘어 아래로 밀려들어갔다.

쏘어는 포효하며 개들 사이로 돌진했다. 그는 거대한 오른쪽 앞다리를 바깥쪽과 안쪽으로 휘둘렀고, 머스크와에게는 사냥개 무리의 절반이 쏘어의 거대한 몸 아래 깔린 듯 보였다. 쏘어는 맨 앞에 있던 사냥개의 등뼈를 입으로 단 한 번 씹어 부서뜨렸다. 그가 두 번째 사냥개의 머리를 물어뜯자, 숨통이 붉은 밧줄처럼 길게 늘어져 나왔다.

쏘어는 몸을 앞으로 굴렸고, 나머지 개들이 공황 상태에서 회복할 수 있기 전에 개 한 마리를 세게 쳐서, 그 개를 절벽의 가장자리를 넘어 100피트(약 30m) 아래에 있는 바위들로 날려보냈다. 그 모든 일이 30초 만에 벌어졌고, 그 사이 남아 있던 아홉 마리의 개들은 뿔뿔이 흩어졌다.

그러나 짐의 에어데일 테리어들은 싸움꾼이었다. 마지막 개까지 포함해 개들은 싸우는 개 혈통을 가지고 태어났고, 브루스와 미투즌은 개들이 낑낑거리지 않은 채 귀가 잡힌 채 매달릴 수 있을 때까지, 개들을 이미 훈련시켰다. 마치 개들의 추격이 쏘어를 겁주지 못한 것처럼, 전체 개들 중 세 마리의 비극적인 운명은 나머지 개들을 겁주지 못했다.

번개처럼 빠르게 개들은 쏘어 주위를 돌며 포위했다. 개들은 앞발을 뻗고, 갑작스러운 돌진을 피하기 위해 옆이나 뒤로 뛸 준비를 하면서, 이제 빠르고 사납게 짖으며, 사냥감이 궁지에 몰렸음을 사냥꾼들에게 알렸다. 주인들이 와서 사냥감을 죽이기 전까지, 사냥감을 괴롭히고 고통을 주고 도피를 방해하며, 자꾸 멈춰 세우는 것이 사냥개들의 역할이었다. 곰과 개들에게는 꽤 공정하고 긴장감 있는 대결이었다. 그러나 총을 들고 나타나는 인간은 그 대결을 죽이는 것으로 끝을 맺는다.

그러나 개들이 묘수를 가지고 있다면, 쏘어도 묘수를 가지고 있었다. 에어데일 테리어들이 더 뛰어난 날렵함으로 피한 헛된 돌진을 세네 차례 한 뒤, 쏘어는 머스크와가 웅크리고 있는 거대한 바위 옆으로 천천히 물러섰고, 그가 물러나자 개들이 다가왔다. 개들의 짖음은 점점 더 커졌고, 쏘어가 개들을 몰아내거나 물어뜯어 조각 낼 수 없음이 분명해지자, 머스크와는 어느 때보다 더 겁을 먹었다. 갑자기 머스크와는 도망쳐 뒤쪽 바위 틈으로 뛰어들었다.

쏘어는 계속 물러서다가 결국 그의 큰 엉덩이가 돌에 닿았다. 그때 그는 고개를 옆으로 돌려 새끼 곰을 찾았다. 그러나 머스크와의 털 한 가닥도 보이지 않았다. 쏘어는 두 번 더 고개를 돌렸다. 그 후 머스크와가 사라진 것을 확인한 그는, 자신의 뒷문 역할을 하는 좁은 통로를 막을 때까지 계속 뒤로 물러섰다. 개들은 이제 미친 듯이 짖고 있었다. 개들의 입가에는 침이 흘렀고, 뻣뻣한 털은 솔처럼 곤두섰으며, 으르렁거리며 드러낸 송곳니 사이로 붉은 잇몸이 훤히 보였다.

개들은 쏘어에게 점점 더 가까이 다가오며, 그에게 그곳에 있으라고, 자신들에게 덤벼들어 보라고, 할 수 있다면 잡아보라고 도발했다. 개들은 흥분한 나머지 자신들의 뒤로 10야드 (약 9m)의 빈 공간을 만들고 말았다. 쏘어는 며칠 전 젊은 수컷 순록과 자신의 거리를 재었던 것처럼, 이 공간을 재었다. 곧이어 한마디 경고의 포효 없이, 그는 돌연 적들을 향해 돌진했고, 개들은 목숨을 부지하려 미친 듯이 달아났다.

쏘어는 멈추지 않았다. 그는 계속 나아갔다. 바위 벽이 튀어나온 곳에서 길은 5피트 (약 1.5m)로 좁아졌고, 그는 이 사실을 파악하고 거리까지 가늠해 둔 상태였다. 그는 마지막 개를 붙잡아, 자기 발아래로 눌러 제압했다. 조각조각 찢기면서 개는 고통에 찬 날카로운 비명을 질렀고, 그 비명은 분지에서 이어진 비탈을 숨을 헐떡이며 급히 올라오던 브루스와 짐에게 들렸다. 쏘어는 좁아진 길 위에서 몸을 낮추며 엎드렸다. 개들이 다시 소란스럽게 짖기 시작하자, 쏘어는 바위가 피, 털과 내장으로 더럽혀질 때까지 계속해서 마지막 개를 찢었다.

그 후 쏘어는 일어나서 머스크와를 찾기 위해 주위를 다시 둘러보았다. 새끼 곰은 바위 틈 속에서 2피트 (약 61cm) 떨어진 곳에서, 몸을 동그랗게 웅크리고 떨고 있었다. 쏘어는 싸움 현장에서 곧 물러났으므로, 머스크와가 산을 계속 올라갔다고 생각했을 수도 있다. 쏘어는 다시 바람의 냄새를 맡았다. 브루스와 짐은 땀을 흘리고 있었고, 그들의 냄새가 쏘어에게 강하게 전해졌다.

10분 동안 쏘어는 그의 뒤에서 짖으며 쫓아오는 여덟 마리의 개들에게 신경을 쓰지 않았다. 다만 가끔씩 멈춰서 고개를 휙 돌리기만 했다. 그가 계속해서 물러서자, 그 사냥개들은 더 대담해졌다. 결국 그 개들 중 한 마리가 나머지 개들 앞으로 튀어나와, 쏘어의 다리에 송곳니를 박았다. 개의 공격은 짖는 것만으로는 하지 못했던 일을 해냈다. 또 한 번 포효한 쏘어는 몸을 돌려, 지나온 길을 따라 개 무리를 50야드 (약 46m) 쫓아갔다. 그가 다시 산 어깨를 향해 계속 올라가기 전에, 소중한 5분이 낭비되었다.

만약 바람이 다른 방향으로 불었다면, 개들이 승리했을 것이다. 하지만 짐과 브루스가 쏘어에게 가까워질 때마다, 바람은 그들의 몸에서 나는 따뜻한 냄새를 쏘어에게 전달해 그를 조심시켰다. 그는 바람이 자신에게 유리한 방향으로 계속 불도록 주의를 기울였다. 뒤쪽 길을 따라 산의 표면을 대각선 방향으로 지나가면, 그는 산의 정상에 더 쉽고 빠르게 도달할 수 있었을 것이다. 하지만 이렇게 하면 바람이 그의 아래쪽으로 너무 멀리 불게 만들 것이다. 사냥꾼들이 우회하여 쏘어를 차단함으로써 그의 도망 방법을 막으려고 노력하지 않는 한, 바람이 그대로 부는 한, 그는 안전했다.

쏘어가 산 정상의 바위 능선에 도달하는 데 30분이 걸렸다. 그 지점에서 그는 산의 이판암 경사면을 따라 산맥의 주요 능선까지 마지막 200~300야드 (약 183m~274m)를 올라가야 했기에, 은신처를 벗어나 자신을 드러내야만 했을 것이다. 그가 도망칠 때, 그는 갑자기 박차를 가해 개들보다 30~40야드 (약 27~37m) 앞섰다. 2~3분 동안 그는 산의 경사면 위에 뚜렷하게 모습을 드러냈고, 그 3분 중 마지막 1분 동안에 순백의 눈밭을 배경으로 더욱 근사하게 그의 모습이 드러났다. 그곳에는 그를 산 아래 눈길에서 가려줄 만한 관목이나 바위 하나 없었다.

브루스와 짐은 500야드 (약 457m) 거리에서 쏘어를 보고 총을 쏘기 시작했다. 쏘어는 머리 위 가까이에서 첫 번째 총알이 공기를 가르는 듯한 신기한 소리를 들었고, 그 직후 총성이 울렸다. 두 번째 총알은 쏘어의 앞에서 5야드 (약 4.6m) 떨어진 지점에 있는 눈을 튀어 오르게 했다. 그는 갑자기 오른쪽으로 방향을 바꾸었다. 이로 인해 그는 사격수들에게 측면이 드러나게 되었다. 쏘어는 세 번째 총성을 들었고—그것이 전부였다.

총성이 바위와 봉우리 사이에서 여전히 울려 퍼지는 동안에, 어떤 것이 쏘어 두개골의 평평한 부분 즉, 오른쪽 귀에서 5인치 (약 13cm) 뒤쪽에 강한 타격을 가했다. 그것은 마치 곤봉이 하늘에서 내려와 그를 내리친 것과 같았다. 그는 통나무처럼 쓰러졌다. 그것은 스치고 지나간 총알이었다. 피는 거의 나지 않았지만, 마치 사람이 턱 끝을 강타당해 멍해지듯, 그것은 잠시 동안 쏘어를 기절시켰다.

쏘어가 쓰러진 자리에서 일어날 수 있기 전에 개들이 그를 덮쳤다. 개들은 그의 목과 몸을 물어뜯었다. 그는 포효하며 갑자기 일어나 개들을 떨쳐냈다. 그는 맹렬히 반격했고, 브루스와 짐은 마지막 사격을 위해 개들이 충분히 멀리 물러나 있기를 기다리며, 방아쇠에 손가락을 얹은 채 서 있었다. 그때, 그들은 그의 포효를 들을 수 있었다. 그는 광기에 찬 개들을 향해 으르렁거리며, 인간의 냄새, 이상한 천둥, 타오르는 번개, 심지어 죽음조차 거부하며 한 걸음씩 위로 올라갔다.

  500야드 (약 457m) 아래에서, 짐은 개들이 쏘어에게 너무 가까이 달라붙어 사격할 수 없자, 절망해서 저주했다. 피를 갈망하는 개 무리들이 산 정상에 이르기까지 쏘어를 보호했다. 쏘어는 산꼭대기 너머로 사라졌다. 개들이 쏘어를 뒤따라갔다. 그 후 큰 그리즐리 곰 쏘어는 길고 스릴 넘치는 추격전을 벌였고, 인간의 위협에서 벗어나 개들을 재빠르게 이끌며, 개들의 짖는 소리는 점점 더 희미해졌다. 그 추격전에서 돌아오지 못할 운명을 맞이한 개들도 있었다.

14장

 은신처에서 머스크와는 바위 턱 위에서 벌어진 싸움의 마지막 소리를 들었다. 은신처는 바위 속 V자 모양의 틈이었고, 그는 가능한 한 깊숙이 이 틈새 안으로 몸을 밀어 넣었다. 그는 쏘어가 네 번째 개를 죽인 후, 자신이 숨은 틈새를 지나가는 것을 보았다. 그는 쏘어가 산길을 오르며 물러날 때, 발톱에서 나는 '딸깍, 딸깍, 딸깍' 소리를 들었다. 마침내 쏘어가 사라졌고, 적들이 쏘어를 따라갔음을 머스크와는 알았다.

 그럼에도 불구하고 머스크와는 밖으로 나가는 것이 두려웠다. 계곡에서 올라온 이 낯선 추격자들은 그로 하여금 극심한 공포에 사로잡히게 했다. 피푸나스쿠스는 그를 두렵게 하지 않았다. 심지어 쏘어가 죽인 그 큰 흑곰조차, 이 빨간 입술과 하얀 송곳니가 있는 낯선 존재들만큼 그를 겁주지 못했다. 그래서 그는 총신 속에 총알을 밀어 넣는 뭉치처럼, 틈새에 가능한 한 깊숙이 들어가 몸을 웅크리고 있었다. 그는 여전히 개들의 짖는 소리를 들을 수 있었다. 그 때, 다른 더 가까운 소리가 그를 놀라게 했다.

 짐과 브루스가 산 벽의 돌출부를 돌아 달려오다가, 죽은 개들을 보고 멈춰 섰다. 짐은 무서워 비명을 질렀다. 짐은 머스크와에게서 고작 20피트 (약 6m) 떨어진 곳에 있었다. 새끼 곰은 처음으로 사람의 목소리를 들었고, 처음으로 사람의 땀 냄새가 그의 콧속을 채웠다. 그리고 새로운 공포에 사로잡힌 그는 숨을 거의 쉴 수 없었다.

그때 사냥꾼 중 한 명이 자신이 숨어 있던 틈새 바로 앞에 섰고, 머스크와는 처음 사람을 보았다. 잠시 후, 사람들도 그 자리를 떠났다. 나중에 머스크와는 총성을 들었다. 그 후 개 짖는 소리가 점점 멀어졌다. 결국 그는 개 짖는 소리를 전혀 들을 수 없었다. 오후 세 시쯤으로, 산에서는 낮잠 시간이었다. 주위는 매우 고요했다.

머스크와는 오랫동안 움직이지 않았다. 그는 귀를 기울였다. 그리고 그는 아무 소리도 듣지 못했다. 그에게서 이제 또 다른 두려움이 커지고 있었다. 바로 쏘어를 잃을지도 모른다는 두려움이었다. 그는 숨을 쉴 때마다 쏘어가 돌아오기를 바랐다. 한 시간 동안 그는 바위 틈새에 끼어 있었다.

그때 그는 '쬑, 쬑, 쬑' 소리를 들었고, 작은 줄무늬를 가진 새앙토끼 한 마리가 머스크와가 볼 수 있는 바위 턱 위로 나와, 살해된 사냥개들 중 한 마리를 조심스럽게 살피기 시작했다. 이 모습은 머스크와에게 용기를 주었다. 그는 귀를 조금 세웠다. 그는 이 외롭고 두려운 가혹한 시간 속에서 자신과 가까이 있는 유일한 작은 생명체에게, 인정과 우정을 바라는 듯 부드럽게 낑낑거렸다.

머스크와는 조금씩 기어서 은신처를 빠져나왔다. 마침내 작고 둥글고 털로 덮인 그의 머리가 나왔고, 그는 주위를 둘러보았다. 오솔길에는 방해되는 것이 없어, 그는 그 새앙토끼를 향해 다가갔다. 줄무늬가 있는 그 작은 새앙토끼는 날카로운 소리를 내며 자기 은신처로 돌진했고, 머스크와는 다시 혼자가 되었다. 잠시 동안 그는 결정을 내리지 못한 채, 피, 사람과 쏘어의 냄새가 진하게 풍기는 공기 냄새를 맡으며 서 있었다. 곧 그는 산 위로 향했다.

쏘어가 그 방향으로 갔다는 것을 머스크와는 알았고, 만약 작은 곰에게 마음과 영혼이 있다면, 지금 그 마음과 영혼은 오직 하나의 바람으로 가득 차 있었을 것이다. 그것은 바로 자신을 보호해 주던 커다란 친구 쏘어를 따라잡는 것이었다. 오늘 처음으로 알게 된 존재인 개들과 인간들에 대한 두려움조차도, 쏘어를 잃었다는 두려움에 가려 이제는 무색해졌다.

머스크와는 길을 따라가기 위해 눈이 필요하지 않았다. 그의 코 아래에는 따뜻한 쏘어의 냄새가 남아 있었고, 머스크와는 갈 수 있는 한 빠르게 지그재그로 산을 오르기 시작했다. 짧은 다리 때문에 나아가기 어려운 구간도 있었지만, 쏘어가 방금 남긴 냄새에 힘입어, 머스크와는 희망을 가지고 용감하게 계속 나아갔다.

머스크와가 눈 덮인 지대와 산등성이까지 뻗어 있는 노출된 이판암 지대의 시작점에 도달하는 데는 꼬박 한 시간이 걸렸고, 그와 산꼭대기 사이에 있는 마지막 300야드 (약 274m)를 그가 오르기 시작한 때는 오후 네 시였다. 그는 저 위에서 쏘어를 발견할 것이라고 믿었다. 하지만 그는 두려웠다. 그리고 그는 작은 발톱을 이판암에 용감하게 박으며 계속 조용히 낑낑거렸다.

머스크와는 출발한 이후로 그 봉우리 꼭대기를 다시 올려다보지 않았다. 오르막길이 경사가 급했기 때문에, 그가 봉우리를 올려다보려면 멈춰서 몸을 옆으로 돌려야 했을 것이다. 그래서 정상의 중턱쯤에 이르렀을 때, 그는 짐과 브루스가 능선 너머에서 오는 것을 보지 못했다. 또한 바람이 아래가 아니라 위로 불어서, 그는 그들의 냄새도 맡을 수 없었다. 그들의 존재를 알지 못한 채, 그는 눈 덮인 지대에 왔다.

머스크와는 기뻐하며 쏘어의 커다란 발자국 냄새를 맡았고, 그 발자국을 따라갔다. 그의 위에서 브루스와 짐이 기다리고 있었다. 그들은 몸을 낮게 숙이고, 총은 땅에 내려놓은 채, 각자 두꺼운 플란넬 셔츠를 벗어 손에 쥐고 준비하고 있었다. 머스크와가 그들로부터 20야드 (약 18m)도 떨어져 있지 않았을 때, 그들은 눈사태처럼 빠르고 격렬하게 그를 향해 내려왔다.

브루스가 덮칠 정도로 머스크와에게 가까이 다가오고 나서야 비로소, 머스크와는 충분히 정신을 차려 움직였다. 머스크와는 거의 마지막 순간에 위험을 보고 알았고, 브루스가 셔츠를 그물처럼 펼치며 몸을 앞으로 내던졌을 때, 머스크와는 재빨리 옆으로 피했다. 얼굴을 눈 속에 처박은 채, 브루스는 셔츠에 가득 눈을 담아 가슴에 끌어안으며, 새끼 곰을 잡았다고 잠시 착각했다. 이 순간에 짐이 앞으로 나아가다가 친구의 긴 다리에 걸려, 눈 덮인 비탈길을 몇 바퀴나 굴러 내려갔다.

머스크와는 짧은 다리로 가능한 한 빨리 산 아래로 도망쳤다. 곧이어 브루스가 머스크와를 뒤쫓았고, 짐도 10피트 (약 3m) 뒤에서 그를 쫓기 시작했다. 갑자기 머스크와가 방향을 확 틀자, 브루스는 달려오던 힘 때문에 머스크와보다 30~40피트 (약 9~12m) 아래로 미끄러지듯 내려갔다. 그곳에서 키가 크고 빼빼 마른 그 산악인은 접이식 칼처럼 몸을 웅크리며, 부드러운 이판암 자갈에 발가락, 손, 팔꿈치, 심지어 어깨까지 박아 넣고서 멈추었다.

짐이 브루스 대신에 머스크와를 열심히 뒤쫓았다. 그는 셔츠를 펼친 채, 얼굴을 아래로 향하고 몸을 내던졌다. 바로 그때 머스크와가 다시 방향을 바꾸었다. 짐이 일어났을 때 얼굴이 긁혀 있었다. 그리고 그는 반 줌 정도의 흙과 이판암 자갈을 입에서 뱉었다. 불행히도 머스크와는 두 번째 방향 전환으로 인해 곧장 브루스 쪽으로 내려가게 되었고, 머스크와가 다시 방향을 바꿀 수 있기 전에, 그는 셔츠에 갇혀 갑자기 어둠에 휩싸이고 질식하게 되었다. 그리고 그의 위로 악마 같은 승리에 도취한 외침이 울려 퍼졌다.

"잡았다!" 브루스가 외쳤다. 셔츠 속에서 머스크와는 할퀴고 물어뜯으며 으르렁거렸다. 짐이 두 번째 셔츠를 들고 달려 내려왔을 때, 브루스는 셔츠를 붙잡고 있느라고 여념이 없었다. 곧 머스크와는 아기가 포대기에 묶이듯, 셔츠에 단단히 묶였다. 다리와 몸이 너무 꽉 싸여 그는 움직일 수 없었다. 그의 머리만이 덮이지 않았다. 그것이 보이고 그가 움직일 수 있는 유일한 신체 부위였다. 그것은 너무 둥글고 겁먹은 듯하면서도 우습게 보여서, 짐과 브루스는 그날의 실망과 손실을 잠시 잊고 소리 내어 웃었다.

곧 짐이 머스크와의 한쪽 옆에 앉고, 브루스가 반대편에 자리를 잡더니, 그들은 파이프에 담배를 채우고 불을 붙였다. 머스크와는 저항조차 할 수 없었다. "우리는 참 건장한 사냥꾼들이라니까,"라고 그때 짐이 말했다. "그리즐리 곰을 잡으러 나왔다가 고작 저것을 잡다니!" 그는 새끼 곰을 바라보았다. 머스크와가 너무 진지하게 자신을 쳐다보자, 짐은 놀라 잠시 말없이 앉아있고, 이내 천천히 파이프를 입에서 빼냈고 손을 뻗었다.

"곰돌이, 곰돌이, 착한 곰돌이," 짐은 부드럽게 구슬리듯 말했다. 머스크와의 작은 귀가 앞으로 쫑긋 세워졌다. 그의 반짝이는 눈은 유리처럼 빛났다. 짐이 알아채지 못한 사이에, 브루스는 기대에 찬 얼굴로 방긋 웃고 있었다. "곰돌이는 물지 않을 거야—안 물지—안 물 거야—착한 작은 곰돌이야—우리는 곰돌이를 해치지 않을 거야—" 머스크와의 바늘처럼 날카로운 이빨이 짐의 한 손가락에 박히자, 그 직후 거친 비명이 산 정상에 울려 퍼졌다. 브루스의 기쁨의 외침은 사냥감이 겁먹어 1마일 (약 1.6km)을 도망치게 할 정도로 컸다.

"이 악마 같은 녀석!" 짐이 숨을 헐떡이며 말했다. 곧 그는 다친 손가락을 빨며 브루스와 함께 웃었다. "그는 용감한—끝까지 싸우는 곰이야," 짐이 덧붙였다. "우리 그를 불 같은 녀석 (Spitfire)으로 부르자, 브루스. 맙소사, 내가 처음 산에 왔을 때부터 줄곧 난 저런 새끼 곰을 데려가고 싶었어. 집에 갈 때 새끼 곰도 데려갈 거야! 저 작은 녀석 웃기게 생기지 않았어?" 머스크와는 미라처럼 뻣뻣하게 굳어 움직일 수 없는 몸에서, 유일하게 움직일 수 있는 머리를 돌려, 브루스를 빤히 쳐다보았다.

짐은 자리에서 일어나 능선을 향해 뒤돌아보았다. 그의 얼굴에는 굳고 날카로운 표정이 서려 있었다. "개 네 마리야!" 그가 혼잣말하듯이 말했다. "세 마리는 저 아래에 있고—한 마리는 저 위에 있어!" 그는 잠시 침묵하다가 말을 이었다. "난 그것이 이해가 안 돼, 브루스. 사냥개들은 우리를 위해 곰 50마리를 궁지에 몰아넣었고, 오늘까지 우리는 한 마리의 개도 잃은 적이 없어." 브루스는 머스크와의 허리에 사슴 가죽끈을 고리 모양으로 묶고 있었다. 그는 끈을 손잡이처럼 만들어 물통이나 베이컨 덩어리를 나르듯, 새끼 곰을 옮길 수 있게 했다. 브루스는 일어섰고, 머스크와는 끈의 끝에 매달렸다.

"우리는 목숨을 앗아가는 곰을 만난 거야," 브루스가 말했다. "육식 그리즐리 곰은 싸움이나 사냥에 관해서는 지상에서 가장 험악한 동물이야. 개들은 그를 결코 잡지 못할 거고, 짐, 곧 어두워지지 않으면, 무리 중 살아 돌아올 개는 하나도 없을 거야. 어두워지면 개들도 그만두겠지—만약 남아 있는 개들이 있다면 말이야. 그 나이 든 곰은 우리 냄새를 맡았고, 눈 위 저 위쪽에서 자기를 넘어뜨린 것이 무엇인지도 아는 게 틀림없어. 그는 지금 도망치고 있어—빠르게 도망치고 있지. 우리가 그를 다시 보게 될 때는 여기에서 20마일 (약 32km) 떨어진 곳일 거야."

짐은 총을 가지러 올라갔다. 그가 돌아오자, 브루스는 머스크와를 사슴 가죽끈으로 들고 산을 앞장서서 내려갔다. 쏘어가 자신을 괴롭힌 자들에게 복수를 했던 피가 얼룩진 바위 턱 위에서 그들은 잠시 멈췄다. 짐은 쏘어가 목을 벤 개에 허리를 굽혀 다가갔다. "이 개는 비스킷 (Biscuits)이야," 그가 말했다. "그리고 우리는 얘가 무리 중 겁쟁이일 것이라고 항상 생각했지. 나머지 두 마리는 제인 (Jane)과 토버야 (Tober). 나이 든 프리츠 (Fritz)는 산꼭대기에 있어. 우리가 가진 최고의 개 세 마리지, 브루스!"

브루스는 바위 턱을 살펴보고 있었다. 그는 아래쪽을 가리켰다. "개가 또 한 마리 있어—산 절벽에서 내던져져 완전히 떨어졌어!" 그가 숨을 헐떡이며 말했다. "짐, 다섯 마리야!" 절벽 가장자리를 내려다보며 짐은 주먹을 꽉 쥐었다. 그의 목에서 숨 가쁜 소리가 나왔다. 브루스는 그 소리가 뜻하는 바를 알았다. 그들이 서 있는 자리에서 100피트 (약 30m) 아래, 뒤집힌 개의 가슴에 있는 검은 반점을 그들은 볼 수 있었다. 그런 점이 있는 개는 무리 중 단 한 마리뿐이었다. 그 개는 짐이 가장 좋아하는 개였고, 그는 그 개를 캠프의 반려견으로 삼았다.

"그 개는 딕시 (Dixie)야," 짐이 말했다. 처음으로 그는 분노가 치밀었고, 그가 산길로 되돌아갈 때 얼굴이 창백해졌다. "이제 내가 그 그리즐리 곰을 잡아야 할 이유가 하나 더 생겼어, 브루스," 짐이 덧붙였다. "내가 그 곰을 죽이기 전까지는 난 이 산을 떠나지 않을 거야. 겨울까지 있어야 한다면 그럴 거야. 나는 맹세코 그 곰을 죽일 거야—그 곰이 도망가지 않는다면." "그 곰은 도망가지 않을 거야," 브루스가 다시 머스크와를 들고, 몸을 좌우로 흔들며 길을 따라 내려가면서 짧게 말했다.

지금까지 머스크와는 자신에게 완전히 절망적으로 보였던 상황에 압도되어 순순히 따랐다. 그는 다리나 발을 움직이기 위해 온몸의 근육을 다 써보았지만, 고대 이집트의 왕 래머시즈 (Rameses)가 미라로 만들어질 때 천으로 단단히 감겼던 것처럼, 꽉 묶여 있었다. 그러나 이제 그는 매달린 채 앞뒤로 흔들렸을 때, 얼굴이 적의 다리에 자주 닿고, 여전히 이빨을 사용할 수 있다는 점을 서서히 깨달았다. 그는 기회를 엿보다가 브루스가 바위에서 한 걸음을 크게 내디디며 내려갈 때, 이 기회를 포착했다. 머스크와의 몸은 브루스가 내려가고 있는 바위 표면에 잠시 놓여있게 되었다.

순식간에 머스크와가 물었다. 그는 아주 깊게 물었다. 짐의 울부짖음이 1마일 (약 1609m) 떨어진 곳까지 정적을 깨뜨렸다면, 지금 브루스에게서 나온 고함소리는 짐의 고함소리보다 적어도 절반은 더 컸다. 그 소리는 머스크와가 여태껏 들어본 것 중 가장 거칠고 소름 끼치는 소리였으며, 개들의 짖는 소리보다도 훨씬 더 끔찍했다. 그는 그 소리에 겁을 먹어 물고 있던 것을 즉시 놓았다.

그때 머스크와는 또 놀랐다. 이 괴상한 두발 동물들은 보복하려 하지 않았다. 물린 동물은 일 분쯤 가장 기묘한 방식으로 한 발로 껑충껑충 뛰는 반면에, 다른 동물은 바위 위에 앉아 배를 붙잡고 몸을 앞뒤로 흔들며, 입을 활짝 벌리고 이상하고 시끄러운 소리를 냈다. 그러자 물린 동물은 뛰는 것을 멈추고 그 이상한 소리를 냈다.

머스크와에게 이 웃음소리는 전혀 웃음처럼 들리지 않았다. 하지만 그것을 통해 그는 두 가지 중 하나가 사실임을 깨달았다. 이 기괴한 모습의 괴물들은 자신과 싸울 용기가 없었거나, 아니면 매우 평화로워서 자신을 해칠 의도가 없었다는 것이다. 그러나 그 후 그들은 더욱 주의를 기울였고, 계곡에 도착하자 그들은 머스크와를 소총 총신에 매달아, 그들 사이에서 그를 옮겼다. 어두워질 무렵, 그들은 불빛이 붉게 빛나는 발삼 전나무 무리에 가까워졌다. 머스크와는 태어나서 처음으로 불을 보았다. 또한 그는 처음으로 말을 보았는데, 말은 쏘어보다 훨씬 더 크고 무섭게 생긴 괴물들처럼 보였다.

세 번째 사람인 인디언 미투즌이 사냥꾼들을 맞이하러 나왔고, 머스크와는 자신이 이 사람의 손에 넘겨졌음을 알았다. 그는 눈에 불빛이 비친 채로 옆으로 눕혀졌다. 그동안에 그를 포획한 사람들 중 한 명이 그의 양쪽 귀를 잡았는데, 너무 꽉 잡아서 아팠다. 다른 사람은 목줄을 만들기 위해 그의 목에 가죽끈을 묶었다. 곧 무거운 고삐 줄이 이 끈에 달린 고리에 연결되었고, 고삐 줄의 끝은 나무에 묶였다. 이 과정 동안 머스크와는 가능한 한 많이 으르렁거리며 위협적인 소리를 냈다. 잠시 후 그는 그 셔츠에서 풀려났다. 그리고 그는 도망갈 힘이 일시적으로 사라진 비틀거리는 네 다리로 휘청거리면서도, 작은 이빨을 드러내며 가능한 한 사납게 으르렁거렸다.

이 일이 머스크와의 이상한 무리들에게는 전혀 영향을 주지 않자, 그는 더욱 놀랐다. 셋 모두―심지어 인디언까지도―입을 벌리고, 산비탈에서 머스크와가 이빨로 포획자의 다리를 물었을 때 그들 중 한 명이 냈던 것과 같은, 크고 이해할 수 없는 시끄러운 소리를 함께 내기만 했을 뿐이었다. 이 모든 상황은 그를 굉장히 혼란스럽게 했다.

15장

머스크와에게 매우 다행히 그 세 남자는 곧 그를 외면하고, 불 주위를 분주히 돌아다니기 시작했다. 이로 인해 머스크와는 도망칠 기회를 얻었다. 그는 고삐 줄 끝을 끌고 세게 잡아당기다가 질식해 죽을 뻔했다. 마침내 그는 절망에 빠져 포기했고, 발삼 전나무 아랫부분에 기대어 몸을 웅크린 채, 야영지를 지켜보기 시작했다.

머스크와는 불에서 불과 30피트 (약 9m) 떨어진 곳에 있었다. 브루스는 캔버스 천으로 된 대야에서 손을 씻고 있었다. 짐은 수건으로 얼굴을 닦고 있었다. 불 가까이에서는 미투즌이 무릎을 굽히고 앉아 있었는데, 그가 숯불 위에서 들고 있는 큰 검은 냄비에서는 기름진 순록 스테이크가 지글지글 구워지며 소리를 내고 있었고, 머스크와가 지금껏 맡아본 냄새 중 가장 기분 좋은 냄새가 퍼져 나왔다. 그의 주위 공기는 온통 맛있는 음식 냄새로 가득했다.

짐이 얼굴을 닦고 나서 통조림 하나를 열었다. 그것은 설탕이 들어간 연유였다. 그는 그 흰 액체를 대야에 붓고, 그것을 들고 머스크와 쪽으로 다가갔다. 머스크와는 목이 아플 때까지 땅에서 도망치려 애썼지만 실패했다. 그는 이제 나무를 타고 올라갔다. 그는 너무 빨리 올라가서 짐을 놀라게 했고, 짐이 그가 내려오면 거의 빠질 듯한 위치에 연유가 담긴 대야를 놓았을 때, 그는 짐을 향해 으르렁거리며 침을 뱉었다. 그는 고삐 줄 끝에 묶인 채 나무 위에 있었고, 사냥꾼들은 오랫동안 그에게 더 이상 관심을 두지 않았다.

머스크와는 사냥꾼들이 음식을 먹는 모습을 볼 수 있었고, 그들이 쏘어를 사냥하려는 새로운 작전을 계획하면서 이야기하는 소리를 들을 수 있었다. "오늘 있었던 일 때문에 우리는 그 곰을 속여야겠어," 브루스가 말했다. "이제 더 이상 곰을 추적하지 않을 거야, 짐. 우리가 아무리 오래 추적해도 곰은 우리가 어디 있는지 항상 알 거야." 브루스가 잠시 멈추고 귀를 기울였다. "사냥개들이 안 오는 게 이상하네," 그가 말했다. "혹시—" 그는 짐을 바라보았다.

"말도 안 돼!" 짐이 브루스의 표정에서 그 의미를 읽어내고 외쳤다. "브루스, 설마 너 그 곰이 개들을 전부 죽였을 수도 있다는 말은 아니겠지?"

"나도 그리즐리 곰을 꽤 많이 사냥해 봤지만," 산악인 브루스가 조용히 대답했다. "난 이 곰만큼 교활한 곰은 처음이야. 짐, 이 곰이 바위 턱에서 사냥개들을 함정에 빠뜨렸고, 정상에서 그 개를 속여 죽였잖아. 그 곰이 개들을 전부 궁지에 몰아넣을 수도 있어. 그리고 만약 그런 일이 벌어지면—" 그는 암시하듯이 어깨를 으쓱했다. 짐은 다시 귀를 기울였다.

"어두워질 무렵에 살아남은 개가 있다면 여기에 곧 도착할 거야," 브루스가 말했다. "이제 와서 후회가 되네—우리가 개들을 집에 놔두고 올 걸 그랬네." 브루스는 약간 씁쓸하게 웃었다. "싸움의 운명이지, 짐," 그가 말했다. "너는 작은 반려견 무리랑 그리즐리 곰을 사냥하러 갈 수는 없지, 그리고 너는 조만간 개 몇 마리를 잃을 것을 각오해야 돼. 우리는 잘못된 곰과 대결한 것이야, 그게 다야. 그 녀석이 우리를 이겼어."

"우리를 이겼다고?"

"내 말은 그 녀석이 공정한 방식으로 우리를 이겼다는 거야. 우리가 개들을 싸움에 이용한 것은 어쨌든 불공평한 일이었어. 너는 내 방식대로 할 만큼 그 곰을 그렇게 잡고 싶니?"

짐이 고개를 끄덕였다. "네 계획은 뭐야?"

"그리즐리 곰을 사냥하러 갈 때 꿈같은 생각은 접어야 해," 브루스가 시작했다. "특히 네가 '사람 죽이는 곰'을 만나면 말이지. 이 그리즐리 곰은 지금부터 겨울잠을 자기 전까지 사방에서 불어오는 바람을 계속 냄새 맡을 거야. 어떻게 하냐고? 곰은 우회할 거야. 만약 땅에 눈이 쌓여 있다면, 그 곰이 6마일 (약 10km)을 이동할 때마다 2마일 (약 3km)은 왔던 길을 되짚어서, 자신을 따라오는 것의 냄새를 맡을 수 있다는 것을 네가 분명 알게 될 거야. 그리고 그 곰은 주로 밤에 이동하고, 낮에는 이판암과 다른 바위들이 있는 높은 곳에 숨어 있을 거야. 네가 더 사격하고 싶으면, 방법은 두 가지뿐이야. 그리고 그중 더 좋은 방법은 이 곰을 포기하고 다른 곰들을 찾는 거지."

"난 그럴 생각 없어, 브루스. 이 곰을 잡기 위한 네 계획은 뭐야?"

브루스는 대답하기 전에 잠시 침묵했다. "우리는 그 곰의 활동 범위를 1마일 (약 1.6km) 단위로 지도에 표시해 놨어," 그가 곧 말했다. "그 녀석의 활동 범위는 우리가 처음 넘었던 고개에서 시작해서, 우리가 이 골짜기로 들어섰던 초입 아래에서 끝나. 위아래로 거리는 약 25마일 (약 40km) 정도야. 그 녀석은 이 골짜기의 서쪽 산에도, 다른 골짜기의 동쪽 산에도 발을 들이지 않아. 우리가 그를 쫓는 한, 그는 분명 자기 영역 안에서 계속 맴돌 거야. 지금 그 곰은 활동 범위 내에서, 반대편 남쪽으로 이동 중이야."

"우리는 며칠 동안 여기 있으면서 이동하지 않을 거야. 그 후 개들이 남아 있다면, 개들과 함께 미투즌을 저쪽 골짜기를 지나가도록 출발시키고, 우리는 동시에 이 골짜기를 따라 남쪽으로 이동을 시작할 거야. 우리 중 한 사람은 산비탈을 따라가고, 다른 한 사람은 골짜기 바닥을 따라갈 것이고, 우리는 천천히 이동할 거야. 알겠어? 저 그리즐리 곰은 자기 영역을 떠나지 않을 거고, 미투즌이 녀석을 우리 쪽으로 아마 몰아올 거야. 우리는 미투즌이 자유롭게 사냥하도록 두고, 우리는 숨어 있을 거야. 우리 둘 중 한 명의 사격 없이 그 곰은 우리를 지나갈 수 없을 거야."

"좋은 생각이야," 짐이 동의했다. "그리고 난 무릎이 뻐근해서 며칠 쉬는 것도 나쁘지 않아." 짐의 말이 끝나기가 무섭게, 초원에서 풀을 뜯던 말이 갑작스럽게 족쇄 쇠사슬을 달그락거리며 놀라서 콧김을 뿜는 소리가 들리자, 두 사람은 벌떡 일어섰다. "유팀(Utim)!" 불빛 속에서 어두운 얼굴이 환히 빛나는 미투즌이 속삭였다.

"맞아, 사냥개들이다," 브루스가 말하며 조용히 휘파람을 불었다. 그들은 가까운 관목 속에서 무언가 움직이는 소리를 들었고, 잠시 후 개 두 마리가 불빛이 비치는 곳으로 들어왔다. 개들이 배를 낮춘 채 살금살금 다가와 사냥꾼의 발치에 엎드렸고, 또 다른 두 마리 개가 뒤따라 합류했다. 그 개들은 그날 아침에 나갔던 개 무리와는 달랐다. 개들의 옆구리는 움푹 꺼져 있었고, 뻣뻣한 털들은 납작해져 있었다. 개들은 지쳐서 돌아왔고, 자신들이 졌다는 것을 알았다. 개들의 공격성은 사라졌고, 개들은 마치 매 맞은 들개들처럼 보였다.

다섯 번째 개가 밤에 나타났다. 그 개는 다리를 절고, 찢어진 앞다리를 끌고 있었다. 다른 개들 중 하나는 머리와 목이 피로 붉게 물들어 있었다. 개들은 모두 배를 땅에 붙인 채, 꾸중을 예상하듯 납작 엎드려 있었다. "우리는 실패했다," 개들의 태도는 이렇게 말하고 있었다. "우리는 졌고, 살아남은 것은 우리뿐이다."

브루스와 짐은 말없이 개들을 바라보았다. 두 사람은 귀를 기울이며 기다렸지만, 개가 더 오지 않았다. 그 후 그들은 서로를 바라보았다. "두 마리가 더 죽었군," 짐이 말했다. 브루스는 짐가방과 캔버스 천이 쌓인 곳으로 가서 개 줄을 꺼냈다. 나무 위에서 머스크와는 온몸을 떨고 있었다. 몇 걸음 떨어진 곳에서 그는 하얀 송곳니를 가진 개 무리를 다시 보았다. 이들은 쏘어를 쫓아 바위 틈으로 몰아넣었던 그 개들이었다.

머스크와는 사람들에 대한 큰 두려움은 사라졌다. 그들은 그를 해치지 않았고, 그들 중 한 명이 가까이 지나가도 그는 떨거나 으르렁거리지 않았다. 하지만 개들은 괴물들이었다. 그들은 쏘어와 싸움을 벌였다. 쏘어가 도망갔기 때문에, 개들이 쏘어를 이겼음에 틀림없다. 머스크와가 묶여 있는 나무는 묘목에 지나지 않았고, 그는 땅에서 5피트 (약 1.5m) 높이에 있는 나무의 가지가 Y자로 갈라져 움푹 들어간 곳에 자리 잡고 있었다.

그때 미투즌이 개 무리 중 한 마리를 이끌고 머스크와를 지나갔다. 그 사냥개가 그를 보았고 갑자기 튀어 올라, 개줄이 미투즌의 손에서 빠져나갔다. 개는 뛰어올라 거의 머스크와에게 닿을 뻔했다. 개가 막 다시 뛰어오르려는 순간, 짐이 큰 소리로 외치며 앞으로 달려와, 개의 목줄을 붙잡고 줄 끝으로 개를 세게 때렸다. 그리고 나서 그는 개를 데리고 갔다. 이 행동은 머스크와를 더욱 혼란스럽게 했다. 사람이 그를 구했다. 사람이 붉은 입과 흰 송곳니를 가진 그 괴물을 때렸다. 그리고 그 모든 괴물들은 이제 줄 끝에 묶여 끌려가고 있었다.

짐이 돌아와 머스크와가 있는 나무 가까이에서 멈추고 머스크와에게 말했다. 머스크와는 짐의 손이 6인치 (약 15cm) 이내로 다가오는 것을 허용했지만, 손을 물지 않았다. 그때 갑자기 낯선 전율이 그에게 느껴졌다. 그가 머리를 약간 돌리고 있던 동안, 짐은 그의 털로 덮인 등에 대담하게 손을 얹었다. 그런데 그 손길은 아프지 않았다! 그의 어미도 그렇게 부드럽게 발을 얹은 적은 없었다! 그 후 10분 동안 짐은 머스크와를 여섯 번이나 만졌다. 처음 서너 번은 머스크와가 빛나는 두 줄의 이빨을 드러냈지만, 소리는 내지 않았다. 그는 점점 이빨을 드러내는 일조차 그만두었다.

짐은 그를 떠났다가 잠시 후 순록 생고기 한 덩어리를 들고 돌아왔다. 그는 이 고기를 머스크와의 코 가까이에 내밀었다. 머스크와는 냄새를 맡을 수 있었지만 뒤로 물러섰다. 결국 짐은 고기를 나무 아래에 놓인 대야 옆에 두고, 브루스가 담배를 피우고 있는 곳으로 돌아갔다. "이틀 안에 저 녀석은 내 뜻대로 움직이게 될 거야," 짐이 말했다.

야영지는 곧 고요해졌다. 짐, 브루스와 인디언 미투즌은 담요에 몸을 감고 금세 잠들었다. 모닥불은 점점 꺼져갔다. 잠시 후 장작 하나만이 희미하게 타오르고 있었다. 숲속 더 깊은 곳에서 올빼미가 울었다. 계곡과 산에서 흘러나오는 단조로운 소리가 조용한 밤을 채웠다. 별은 더욱 빛났다. 멀리서 머스크와는 바위가 산비탈을 따라 덜커덩거리며 굴러 내려가는 소리를 들었다.

이제 두려워할 것은 없었다. 머스크와 자신만 빼고는 모든 것이 고요히 잠들어 있었다. 그는 매우 조심스럽게 나무에서 내려오기 시작했다. 그는 나무 아래까지 이르러, 나무를 붙잡고 있었던 발을 놓자, 연유가 담긴 대야 속으로 몸이 반쯤 떨어졌다. 연유 일부가 얼굴에 튀었다. 그는 무심결에 혀를 내밀어 입을 핥았고, 혀에 묻은 달고 끈적한 것이 그를 전혀 예상치 못한 갑작스러운 기쁨으로 채웠다.

머스크와는 15분 동안 자기 몸을 핥았다. 그리고 나서 마치 이 달콤하고 맛있는 음식의 진가를 방금 안 것처럼, 그의 반짝이는 작은 눈이 탐욕스럽게 양철 대야에 고정되었다. 그는 먼저 한쪽에서, 이어 반대쪽에서 대야를 한 바퀴씩 돌며, 계획적이고 신중하게 접근했다. 몸의 모든 근육은 대야가 자신을 향해 튀어 오르면, 재빠르게 뒤로 물러날 준비를 하고 있었다. 마침내 그의 코가 대야 안의 걸쭉하고 달콤한 음식에 닿았고, 그는 마지막 한 방울을 다 먹을 때까지 고개를 들지 않았다.

연유는 머스크와를 길들이는 데 가장 중요한 요소였다. 그것은 그의 활기찬 어린 마음속에서 여러 경험을 이어주는 빠져 있던 고리였다. 그는 자신을 아주 부드럽게 만졌던 바로 그 손이, 나무 밑에 이 낯설고 훌륭한 음식을 놓았으며, 또 그 손이 자신에게 고기를 주기도 했다는 것을 알게 되었다. 그는 고기를 먹지는 않았지만, 별빛을 받은 거울처럼 대야가 반짝일 때까지 대야 안을 핥았다.

연유에도 불구하고 머스크와는 여전히 탈출하려는 욕구로 가득 차 있었다. 그러나 그의 노력은 이전처럼 급박하고 무분별한 것은 아니었다. 경험을 통해 그는 줄 끝에서 뛰거나 잡아당기는 것이 헛됨을 배웠고, 이제 그는 그 줄을 씹기 시작했다. 한곳에서 계속 씹었더라면 그는 아마 아침 전에 자유를 얻었을 것이다. 하지만 그의 턱이 피로해지면 쉬었고, 다시 시작할 때는 보통 줄의 새로운 부분을 씹었다. 자정이 되자 그의 잇몸은 아팠고, 그는 결국 노력을 완전히 포기했다.

나무 근처에서 몸을 둥글게 움츠리고, 위험의 첫 징조가 보이면 나무 위에 오를 준비를 하며, 새끼 곰은 아침을 기다렸다. 그는 한숨도 못 잤다. 그는 이전보다 덜 두려웠지만 매우 외로웠다. 그는 쏘어가 그리웠고 아주 조용히 낑낑거리며 울었기에, 몇 걸음 떨어진 곳에 있던 사람들은 깨어 있었다 해도 그의 울음소리를 듣지 못했을 것이다. 만약 그때 피푸나스쿠스가 야영장에 왔다면, 그는 기뻐하며 그를 맞이했을 것이다.

아침이 밝았고, 미투즌이 담요에서 가장 먼저 나왔다. 그가 불을 피우자, 브루스와 짐도 잠에서 깨어났다. 짐은 옷을 입은 후 머스크와를 찾아갔고, 대야가 깨끗이 핥아져 있는 것을 보고 기뻤다. 그는 다른 사람들에게 일어난 일을 알리며 대야를 보여주었다. 머스크와는 나뭇가지가 갈라진 곳에 올라가 있었고, 이번에도 짐의 쓰다듬는 손길을 받아들였다.

곧 짐은 소가죽 짐가방에서 또 다른 통조림을 꺼내, 크림 같은 하얀 액체가 대야에 부어지는 모습을 머스크와가 볼 수 있도록, 그의 바로 아래에서 그것을 열었다. 짐은 머스크와에게 대야를 들이밀었다. 연유가 코에 닿자, 머스크와는 도저히 혀를 내밀지 않을 수 없었다. 5분도 채 되지 않아 그는 짐이 손에 든 대야에서 연유를 핥고 있었다! 그러나 브루스가 새끼 곰의 행동을 보러 다가오자, 머스크와는 이빨을 드러내며 으르렁거렸다.

"곰이 개보다 더 나은 애완동물이야," 브루스가 잠시 후 짐과 아침을 먹으며 말했다. "며칠 지나면 새끼 곰이 강아지처럼 계속 너를 따라다닐 거야, 짐."

"난 이 작은 녀석이 벌써 좋아지고 있어," 짐이 응수했다. "전에 내게 말했던 제임슨 (Jameson)의 곰 이야기는 뭐였지, 브루스?"

"제임슨은 쿠트니 (Kootenay) 산골에 살았어," 브루스가 말했다. "그는 완전한 은둔자였다고 할 수 있지. 1년에 두 번만 산에서 내려와 식량을 구했거든. 그는 그리즐리 곰을 애완동물로 삼았어. 몇 년 동안 그는 우리가 쫓고 있는 녀석만큼 큰 곰 한 마리를 길렀어. 그는 그 곰이 새끼 곰이었을 때 데려왔는데, 내가 봤을 때는 몸무게가 천 파운드 (약 454kg)나 나갔고, 제임슨이 어디를 가든지 개처럼 따라다녔어. 심지어 제임슨의 사냥에도 곰이 같이 갔고, 그들은 같은 모닥불 옆에서 잠도 잤어. 제임슨은 곰들을 사랑해서 곰을 결코 죽이려 하지 않았어."

짐은 침묵했다. 잠시 후 그가 말했다. "나는 곰을 사랑하게 된 것 같아, 브루스. 정확한 이유는 모르겠지만, 곰에는 네가 사랑할 만한 점이 있어. 우리가 쫓고 있는 이 개를 죽인 곰을 잡고 나면, 나는 아마 다시는 곰을 쏘지 않을 거야. 이 곰이 내 마지막 곰이 될 것 같아." 그는 갑자기 주먹을 꽉 쥐며 화난 목소리로 덧붙여 말했다. "그리고 생각해 보면 캐나다 자치령 (역주: the Dominion of Canada는 과거 캐나다를 일컫던 명칭) 내 어느 주도, 미국 (south of the Border)의 어느 주도 곰 '금렵기'가 정해진 곳이 없어! 그것은 무도한 행위야, 브루스. 곰은 해로운 짐승으로 분류되고, 일 년 내내 전멸될 수 있어. 심지어 새끼와 함께 있는 굴에서 곰을 끄집어낼 수도 있지―그리고―하늘에 맹세코!―나는 곰들을 굴에서 끄집어내는 데 가담한 적이 있어! 우리는 짐승이야, 브루스. 가끔씩 사람이 총을 가지고 다닌다는 것 자체가 범죄인 것 같아. 그럼에도―나는 계속 죽이고 있어."

"그것은 우리 피 속에 흐르는 본성이야," 브루스는 아무런 동요 없이 웃으며 말했다. "짐, 너 사람 죽는 것을 보기 싫어하는 사람 알아? 기회만 주어진다면, 한 명도 빠짐없이 모두 교수형 구경하러 가지 않겠어? 사람들은 죽은 말 주위에 모여드는 독수리 떼처럼, 바위나 기관차 밑에 깔려 형체도 없이 으깨진 사람을 보기 위해 모여들지 않겠어? 짐, 만약 두려워할 법이라는 게 없었다면, 우리 인간은 재미로 서로를 죽였을 거야! 우리는 그럴 거야. 우리는 본래부터 누군가를 죽이고 싶어 하는 욕망을 지니고 태어났어."

"그리고 우리는 그 본능을 모두 동물에게 풀어버리는 거야," 짐이 생각에 잠겼다. "결국 전쟁으로 우리 중 한두 세대가 죽는다 해도, 그렇게 크게 안타까워하지 않지, 그렇지? 어쩌면 네 말이 맞을지도 몰라, 브루스. 우리가 폭력적인 충동이 들 때마다 이웃을 합법적으로 죽일 수 없으니까, 만물의 최고 조정자 (Chief Arbiter)가 가끔 전쟁을 내려서, 우리의 피에 굶주린 본성을 일시적으로 해소시켜주는 것일 수도 있어. 잠깐, 저 새끼 곰 지금 도대체 뭘 하는 거야?"

머스크와는 나뭇가지에서 부적절한 방향으로 떨어져, 마치 교수형 집행인의 밧줄 끝에 매달린 희생자처럼 매달려 있었다. 짐은 그에게 달려가 맨손으로 대담하게 그를 붙잡아, 가지 위로 들어 올린 뒤 땅에 내려놓았다. 그는 짐을 물지도, 으르렁거리지도 않았다. 그날 하루 종일 브루스와 미투즌은 야영지를 떠나, 서쪽 산맥 너머를 정찰하러 갔다. 짐은 전날 바위에 세게 부딪혀 다친 무릎을 치료하기 위해 혼자 야영지에 남았다.

짐은 대부분의 시간을 머스크와와 함께 보냈다. 그는 팬케이크 시럽 통조림 하나를 열었다. 그는 정오 무렵까지 새끼 곰이 나무 주위를 맴돌며 그를 따라다니고, 그가 감질나게 닿을 듯 말 듯한 곳에 놓은 시럽 그릇에 새끼 곰이 닿으려고 안간힘을 쓰게 만들었다. 그러다 짐이 자리에 앉으면, 머스크와는 시럽에 닿으려고 그의 무릎 위로 반쯤 기어올랐다. 어린 머스크와는 애정과 신뢰를 쉽게 주었다.

아기 흑곰은 인간 아기와 매우 비슷하다. 그는 우유를 좋아하고, 단것을 무척 좋아하며, 자신에게 잘해주는 생명체에게 바짝 달라붙고 싶어 한다. 그는 네 발을 가진 가장 사랑스러운 생명체이다. 그는 둥글고 부드러우며 폭신폭신하다. 그리고 그는 너무 웃겨서, 그의 곁에 있는 모든 사람을 계속 기분 좋게 만든다. 그날 짐은 여러 번 눈물이 날 정도로 웃었고, 특히 머스크와가 시럽이 담긴 접시에 닿으려고 짐의 다리를 기어오르려 안간힘을 쓸 때 웃게 되었다.

머스크와에 관해 말하자면, 그는 시럽에 완전히 사로잡혔다. 그는 어머니가 시럽과 같은 것을 그에게 준 기억이 없었고, 쏘아도 물고기 이상의 것을 준 적이 없었다. 오후 늦게 짐은 머스크와의 줄을 풀고 그를 데리고 개울 쪽으로 산책에 나섰다. 그는 시럽 접시를 들고 몇 걸음마다 멈춰 새끼 곰이 시럽을 맛보게 했다. 30분 동안 이렇게 교묘하게 유인한 뒤, 그는 줄을 완전히 놓고 야영장 쪽으로 걸어갔다. 그러자 머스크와가 그를 따라왔다! 그것은 큰 성공이었고, 짐의 혈관 속에는 야외 생활을 하며 한 번도 느껴보지 못한 짜릿한 전율이 흘렀다.

미투즌이 돌아왔을 때는 늦은 시간이었고, 브루스가 오지 않아서 짐은 꽤 놀랐다. 어두워지자 그들은 불을 지폈다. 한 시간이 지난 뒤, 브루스가 어깨에 무엇인가를 걸친 채로 들어왔을 때, 그들은 저녁 식사를 마치고 있었다. 머스크와가 나무 뒤에 숨어 있던 곳 가까이에 브루스는 그것을 던졌다. "벨벳 같은 가죽이랑, 개들에게 줄 고기야." 그가 말했다. "내가 권총을 쏴서 잡았어."

브루스는 앉아서 먹기 시작했다. 잠시 후 머스크와는 3~4 피트 (약 0.91~1.22m) 떨어진 곳에 몸이 움츠러든 채 놓인 사체에 조심스럽게 접근했다. 그는 그것의 냄새를 맡았고, 묘한 전율이 그의 몸을 관통했다. 곧 그는 아직 생명의 온기가 남아 있는 부드러운 털에 코를 비비며 조용히 낑낑거렸다. 그 후 한동안 그는 가만히 있었다. 브루스가 야영장으로 가져와 머스크와가 있던 나무 아래 던진 그것은 다름 아닌, 작은 피푸나스쿠스의 사체였기 때문이다!

16장

 그날 밤, 머스크와에게 깊은 외로움이 다시 찾아왔다. 브루스와 미투즌은 산맥을 힘겹게 넘어오느라 지쳐 일찍 잠자리에 들었고, 짐도 그들을 따라 잠들었다. 피푸나스쿠스는 브루스가 처음 던졌던 그 자리에 그대로 남아 있었다. 머스크와는 심장을 조금 더 빠르게 뛰게 한 그 발견 이후 거의 움직이지 않았다.
 머스크와는 죽음이 무엇인지, 죽음이 어떤 의미인지 몰랐다. 피푸나스쿠스가 매우 따뜻하고 부드러웠기 때문에, 그가 잠시 후면 움직일 것이라고 머스크와는 확신했다. 이제 그는 피푸나스쿠스와 싸울 마음도 없었다. 다시 주위는 매우 고요해졌고, 별들이 하늘을 가득 채웠으며, 모닥불은 점점 꺼져갔다.
 그러나 피푸나스쿠스는 움직이지 않았다. 머스크와는 처음에는 천천히 그를 냄새 맡으며, 그의 부드러운 털을 당기기 시작했다. 그러면서 그가 조용히 낑낑거렸을 때, 그는 "나는 너와 더 이상 싸우고 싶지 않아, 피푸나스쿠스! 깨어나서 우리 친구 하자!"라고 말하는 것 같았다. 하지만 피푸나스쿠스는 여전히 움직이지 않았고, 결국 머스크와는 그를 깨울 수 있으리라는 모든 희망을 포기했다. 그리고 그는 푸른 초원의 작고 통통한 적을 쫓아갔던 것에 대해 정말 미안해하며 계속 낑낑거리다가, 피푸나스쿠스에게 바짝 몸을 붙이고 이윽고 잠이 들었다.

다음 날 아침 짐이 가장 먼저 일어나, 머스크와가 밤새 어떻게 지냈는지 보러 갔다가 갑자기 걸음을 멈췄다. 그는 1분간 움직이지 못하고 서있었다. 곧 이상한 비명이 그의 입에서 터져 나왔다. 머스크와와 피푸나스쿠스는 둘 다 살아 있었더라면 껴안을 수 있었을 만큼 꼭 껴안고 있었고, 어떻게 된 영문인지 머스크와가 죽은 새끼 곰의 작은 발 하나가 자신을 감싸는 듯한 모습이 되도록 배치해 두었기 때문이다.

조용히 짐은 브루스가 자고 있는 곳으로 돌아갔다. 잠시 후, 브루스가 눈을 비비며 그와 함께 돌아갔다. 그리고 나서, 브루스도 그 장면을 바라보았고, 두 남자는 서로를 쳐다보았다. "개 먹이," 짐이 한숨 돌리며 말했다. "너 개 먹이로 쓰려고 그것을 야영장에 가져온 거잖아, 브루스!" 브루스는 대답을 하지 않았고, 짐도 더 이상 말을 하지 않았다.

그 후 한 시간 내내 짐과 브루스는 거의 말을 하지 않았다. 그 시간 동안 미투즌이 와서 피푸나스쿠스를 끌어갔다. 가죽이 벗겨지고 개에게 먹이로 주어지는 대신에, 피푸나스쿠스는 개울가 바닥 아래 구덩이에 모래와 돌로 덮여 묻혔다. 적어도 그만큼은 브루스와 짐이 그를 위해 해주었다.

이날 미투즌과 브루스는 다시 산맥을 넘어갔다. 산악인 브루스가 금의 흔적이 명백한 석영 조각을 가지고 돌아왔고, 둘은 금을 채취하기 위한 장비를 가지고 돌아갔다. 짐은 머스크와를 계속 훈련했다. 그는 몇 번이나 머스크와를 개들 가까이 데려갔고, 개들이 으르렁거리며 목줄 끝을 당길 때마다 개들을 때렸다. 그러자 개들은 머스크와가 곰이지만 해치면 안 된다는 사실을 빠르게 이해했다.

둘째 날 오후, 짐은 머스크와를 고삐 줄에서 완전히 풀어주었고, 다시 고삐 줄을 묶고 싶었을 때 머스크와를 다시 쉽게 붙잡았다. 셋째 날과 넷째 날에 브루스와 미투즌은 산맥 서쪽에 있는 골짜기를 탐험했고, 그들이 발견한 그 '금빛 흔적들'이 단지 홍수로 인해 형성된 퇴적물의 일부일 뿐, 그것들이 재산으로 이어질 만한 것은 아니라는 데 마침내 확신을 가졌다.

마침 흐리고 쌀쌀했던 넷째 날 밤에, 짐은 머스크와를 데리고 함께 잠자리에 들며 실험을 해보았다. 그는 문제가 생길 것을 예상했지만, 머스크와는 고양이처럼 조용했다. 머스크와는 일단 알맞은 보금자리를 스스로 찾은 뒤로는 아침까지 거의 움직이지 않았다. 밤사이 한동안 짐은 머스크와의 부드럽고 따뜻한 몸 위에 한 손을 얹은 채 잠들었다.

브루스는 지금이 쏘어 사냥을 계속할 때라고 판단했지만, 짐의 무릎 상태가 더 나빠지면서 그들의 계획은 틀어졌다. 짐은 한 번에 1/4마일 (약 402m) 이상 걷는 것이 불가능했고, 말 안장에 무리해서 앉아야 하는 자세는 너무 고통스러워, 말을 탄 채 사냥을 계속하는 것은 불가능했다. "며칠 더 쉰다고 해서 나쁠 것은 없어," 브루스가 위로했다. "우리가 그 나이 든 곰을 더 오래 쉬게 하면, 그가 조금 방심할지도 몰라."

그 후 3일은 짐이 이익과 즐거움을 함께 누린 시간이었다. 머스크와는 곰, 특히 새끼 곰에 대해 짐이 알지 못했던 것 이상을 가르쳐 주었고, 짐은 많은 양의 기록을 했다. 개들은 이제 야영지에서 약 300야드 (약 274m) 떨어진 숲속 나무에 묶여 있었고, 머스크와는 점차 자유를 얻었다. 그는 도망치려 하지 않았고, 곧 브루스와 미투즌도 자신의 친구임을 알게 되었다. 하지만 그가 따르는 사람은 오직 짐뿐이었다.

쏘어를 추적한 지 여덟째 날 아침, 브루스와 미투즌은 개들을 데리고 동쪽 골짜기로 말을 타고 갔다. 미투즌은 하루 먼저 출발할 예정이었고, 브루스는 다음날 짐과 함께 골짜기 위쪽에서 사냥을 시작할 수 있도록 그날 오후에 야영지로 돌아갈 계획이었다. 그날 아침은 참 아름다웠다. 북서쪽에서 시원한 바람이 불어왔다. 아홉 시쯤 짐은 머스크와를 나무에 묶었고, 말에 안장을 올린 뒤, 말을 타고 골짜기를 따라 내려갔다. 그는 사냥을 할 생각이 없었다. 단지 말을 타고 바람을 맞으며 숨을 쉬고, 산의 경이로움을 바라보는 것만으로도 기뻤다.

짐은 북쪽으로 3~4마일 (약 4.8~6.4km)을 이동하여, 서쪽 산맥으로 뻗어 있는 넓고 낮은 경사면에 도달했다. 그는 다른 계곡을 보고 싶은 강한 동기에 이끌렸고 무릎이 괜찮았기에, 지그재그로 나아가며 올라가, 30분 만에 거의 정상에 도달했다. 그는 여기에서 짧고 가파른 비탈에 이르러, 말에서 내려 계속 걸어서 올라가야 했다. 정상에서 그는 갈라진 산의 노출된 바위 벽이 그의 양 옆을 에워싼, 평평하게 펼쳐진 초원 지대에 자신이 서 있음을 알게 되었다.

1/4마일 (약 402m) 앞에서 짐은 초원이 그가 찾고 있던 골짜기로 완만하게 내려가는 경사면으로 갑자기 변하는 지점을 볼 수 있었다. 초원의 이 1/4 마일을 지나던 중간쯤에 그가 볼 수 없었던 움푹 들어간 곳이 있었다. 그가 이곳의 가장자리에 도달했을 때, 그는 갑자기 얼굴을 땅에 대며 엎드렸고, 잠시 바위처럼 움직이지 않고 누워 있었다. 그 후 그는 천천히 고개를 들었다.

그에게서 100야드 (약 91m) 떨어진 곳에, 움푹 들어간 작은 물웅덩이 주위에 염소 무리가 모여 있었다. 30마리 이상이었고, 대부분은 어린 새끼를 데리고 있는 어미 염소들이었다. 짐은 그 무리에서 숫염소 두 마리만 알아볼 수 있었다. 그는 30분 동안 가만히 누워 염소들을 지켜보았다. 그 후 암염소 한 마리가 새끼 두 마리와 함께 산 쪽으로 출발했고, 또 다른 암염소가 따라갔다. 염소 무리가 모두 움직이려는 것을 보고서, 짐은 재빨리 일어나서 그들을 향해 최대한 빠르게 달려갔다.

암염소, 숫염소와 새끼 염소들은 짐의 갑작스러운 등장에 순간 굳어버렸다. 염소들은 몸을 반쯤 돌린 채 서 있었고, 짐이 그들과의 거리를 절반쯤 좁힐 때까지는 마치 도망칠 힘이 없어 보였다. 그러다가 갑자기 그들의 정신이 돌아온 것 같았다. 그리고 그들은 극심한 공포에 휩싸여 가장 가까운 산 쪽을 향해 달아나기 시작했다. 곧 그들의 발굽이 둥근 돌과 이판암 자갈 위에서 덜커덕거리는 소리를 내기 시작했고, 바위 지형과 봉우리 사이 높은 곳에서, 염소들의 발굽에 의해 돌들이 굴러가며 나는 둔탁한 굉음을 짐은 30분 동안 들었다. 그 시간이 지나자, 염소들은 능선 위의 하얀 점처럼 아주 작아졌다.

짐은 계속해서 걸어갔고, 몇 분 후 다른 골짜기를 내려다보았다. 이 골짜기의 남쪽은 큰 바위 돌출부에 의해 그의 시야에서 가려져 있었다. 그 바위는 매우 높지는 않았고, 그는 그것을 오르기 시작했다. 그가 거의 정상에 다다랐을 때, 발가락이 점판암 조각에 걸려 넘어지면서, 소총이 바위에 엄청 세게 부딪혔다.

짐은 아픈 무릎이 약간 쑤시는 것 외에 다치지 않았다. 하지만 그의 총은 완전히 망가져 있었다. 총의 개머리판이 총의 약실 (역주: 총알이나 탄약이 장전되는 공간) 가까이에서 부서져 있었고, 그가 손으로 한 번 비틀자 개머리판이 완전히 떨어져 나갔다. 그는 장비로 여분의 소총 두 자루를 가지고 있었기 때문에, 이 사고는 여분의 총이 없었다면 그를 불안하게 했을 만큼 그를 불안하게 하지 않았고, 그는 계속해서 바위를 올라갔다.

마침내 짐은 산의 사암 돌출부를 돌아 이어지는, 넓고 매끄러운 바위 턱처럼 보이는 곳에 도달했다. 100피트 (약 30m) 더 나아가서 그는 그 바위 턱이 수직 암벽에서 끊어져 있음을 알았다. 하지만 이 지점에서 그는 남쪽으로 뻗은 두 산맥 사이에 있는 광활한 대지가 펼쳐진 장관을 볼 수 있었다. 그는 자리에 앉아 파이프를 꺼내고, 숨을 고르며 발 아래 펼쳐진 그 웅장한 전경을 감상할 준비를 했다.

망원경을 통해 짐은 몇 마일이나 떨어진 곳까지 볼 수 있었고, 그가 본 그곳은 사냥꾼의 발길이 닿지 않은 야생 그대로의 땅이었다. 반 마일 (약 805m)도 채 떨어지지 않은 곳에서는 순록 무리가 서쪽의 푸른 비탈을 향해 낮은 지대를 가로질러 천천히 줄지어 이동하고 있었다. 그는 아래쪽에서 햇빛을 받아 수많은 들꿩의 날개가 반짝이는 것을 보았다. 잠시 후, 그는 약 2마일 (3.2km) 떨어진 곳의 풀이 듬성듬성 난 비탈에서 풀을 뜯고 있는 산양 무리를 보았다.

짐은 바다에서 초원까지 300마일 (약 483km), 남북으로는 1,000마일 (약 1,609km)에 걸쳐 뻗어 있는 캐나다 산맥의 광대한 지역에 이와 같은 골짜기가 얼마나 많을까 궁금했다. 그는 골짜기가 수백, 심지어 수천 개는 될 것이라고 생각했고, 각각의 멋진 골짜기가 그 자체로 완전한 세계이며, 그 세계는 고유한 생명체, 호수, 개울, 숲, 그리고 나름의 기쁨과 비극적 사건으로 가득 차 있을 것이라고 생각했다.

짐이 바라보는 이 골짜기에도 다른 모든 골짜기를 채웠던 것과 동일한 부드럽고 잔잔한 소리와 따스한 햇살이 있었다. 하지만 이곳에는 또 다른 삶이 존재했다. 서쪽과 북쪽으로 멀리, 짐이 맨눈으로 희미하게 바라볼 수 있는 경사면 위로 다른 곰들이 돌아다니고 있었다. 그곳은 새로운 영역이었고, 다른 전망과 다른 신비로움으로 가득 차 있었으며, 그는 그곳의 매력에 넋을 잃어 시간도 배고픔도 잊은 채 앉아 있었다.

짐은 이 수백 어쩌면 수천 개에 이르는 골짜기들이 자신에게는 결코 진부해지지 않을 것이라고 느꼈다. 그는 언제라도 걸어 다니며, 이 골짜기에서 저 골짜기로 옮겨 다닐 수 있을 것이고, 각각의 골짜기가 고유한 매력, 풀어야 할 비밀, 배워야 할 동식물을 지니고 있으리라 생각했다. 그에게 이 골짜기들은 대부분 수수께끼 같았다. 그것들은 신비로웠고, 생명 그 자체만큼 불가사의했고, 수 세기에 걸쳐 잔잔한 소리를 내며, 보물들을 감추고 수많은 생명체를 태어나게 하고, 그에 대한 답례로 수많은 죽음을 요구하는 곳이었다. 그는 볕이 드는 공간을 통해 멀리 바라보며, 만약 그 골짜기가 자신의 이야기를 들려줄 수 있다면, 이 골짜기의 이야기가 무엇일지, 그 이야기를 몇 권의 책에 담을 수 있을지를 궁금해했다.

무엇보다도, 짐은 골짜기가 세계의 창조에 대해 속삭일 것임을 알았다. 골짜기는 대양이 찢기고, 뒤틀리고, 옆으로 내팽개쳐졌던 이야기를 들려줄 것이다. 밤이 없고 온종일 낮이었던 기이한 최초의 영겁의 시간, 오늘날 그가 개울에서 물을 마시는 순록을 본 바로 그곳에서 거대하고 기묘한 괴물들이 활보하던 시절, 그리고 그가 오늘날 높이 날고 있는 독수리를 본 하늘을 새와 야수의 특징을 반씩 가진 거대한 날개 달린 생명체들이 힘차게 날아다니던 시절의 이야기를 골짜기는 들려줄 것이다.

그리고 나서 골짜기는 '그 변화'에 대한 이야기를 들려줄 것이다. 즉 지구가 자전축을 따라 기울어지고, 밤이 처음으로 찾아오고, 열대의 세계가 매우 추운 세계로 변하고, 새로운 생명체들이 태어나 지구를 채운 그 굉장한 시간에 대해 들려줄 것이다. 최초의 곰이 매머드, 매스터돈(mastodon), 그리고 그것들과 동행했던 거대한 짐승들을 대체하게 된 것은 그 사건 이후 한참 시간이 흐른 후였음에 틀림없다고 짐은 생각했다. 그리고 그 최초의 곰은 자신과 브루스가 다음 날 사냥하러 나설 그리즐리 곰의 조상이었다!

짐은 자신의 생각에 너무 몰두해서, 자신 뒤에서 나는 소리를 듣지 못했다. 그리고 나서 무엇인가가 그를 깨웠다. 그것은 마치 그가 상상 속에서 그려온 괴물들 중 하나가 자신 가까이에서 큰 숨을 내쉰 것 같았다. 그는 천천히 몸을 돌렸는데, 그 순간 그의 심장이 멎은 것 같았다.

짐의 피는 혈관 속에서 차갑게 식고 흐르기를 멈춘 것 같았다. 그로부터 불과 15피트 (약 4.6m) 떨어져 있는 바위 턱을 가로막고, 큰 입을 벌린 채 고개를 좌우로 천천히 흔들며, 자신의 덫에 걸린 적을 바라보는 '산의 왕,

쏘어'가 서 있었다! 그 찰나에 짐의 손은 무심결에 부서진 소총을 움켜쥐었고, 그는 자신이 죽을 운명임을 직감했다!

17장

거대한 그리즐리 곰이 자신을 바라보는 것을 짐이 본 순간, 그의 입에서 나온 것은 헐떡이다가 막힌 숨결, 비명이 되지 못한 억눌린 소리뿐이었다. 이어진 10초 동안, 그는 마치 몇 시간을 산 것 같았다. 그가 처음 한 생각은 자신이 무력하다는 것이었다—완전히 무력했다. 그는 도망칠 수 없었다. 그의 뒤에는 바위 벽이 있었기 때문이다. 그는 골짜기 쪽으로 몸을 던질 수도 없었다. 골짜기 쪽에는 100피트 (약 30m)의 거의 수직인 낭떠러지가 있었기 때문이다. 그는 개들에게 닥친 것만큼 끔찍한 죽음과 마주하고 있었다.

그럼에도 불구하고, 짐은 이 마지막 순간에 공포에 휩싸여 자신을 잃지 않았다. 그는 복수심에 불타는 그리즐리 곰의 눈에서 붉기가 서려 있는 것을 보았다. 그는 자신이 쏜 총알이 파고 들어간 쏘어의 등에 드러난 상처를 보았다. 그는 자신이 쏜 또 다른 총알이 쏘어의 앞 어깨를 뚫고 지나가며 살을 찢어 놓은 상처도 보았다. 그리고 그는 이 상처들을 살피며, 쏘어가 일부러 바위 턱을 따라 자신을 뒤쫓아와 이 구석까지 몰아넣은 것은, 자신이 입힌 고통을 최대한으로 보복하기 위한 것이라고 믿었다.

쏘어는 앞으로 단 한 걸음 나아갔다. 그리고 나서 느리고도 우아한 동작으로 천천히 몸을 일으켜, 자신의 키만큼 꼿꼿이 섰다. 그 순간에도 짐은 그 모습이 당당하다고 생각했다. 짐은 움직이지 않았다. 그는 쏘어를 똑바로 올려다보았고, 거대한 곰이 앞으로 돌진해 올 때 무엇을 할지 이미 마음을 정해 두었다. 그는 절벽 끝 너머로 몸을 던질 작정이었다. 저 아래에서 살아남을 가능성은 희박했다. 그는 어쩌면 바위 턱이나 돌출된 암석에 자신이 걸릴지도 모른다고 생각했다.

그리고 쏘어! 갑자기—예상치 못하게—그는 인간과 마주쳤다! 이 생명체가 자신을 사냥했고, 자신을 다치게 했다—그리고 그것은 너무 가까이 있어, 자신이 발을 내밀면 으깰 수 있을 정도였다! 그런데 지금 그것은 얼마나 약하고 창백하며 위축되어 보이는가! 그 이상한 천둥은 어디로 갔는가? 타오르던 번개는 어디에 있는가? 왜 그것은 아무 소리도 내지 않는가?

개라도 이 생명체보다는 더 나았을 것이다. 개라면 송곳니를 드러내고 으르렁거리며 맞서 싸웠을 것이기 때문이다. 하지만 인간이라는 이 생명체는 아무것도 하지 않았다. 그러자 커다란 의심이 쏘어의 거대한 머릿속을 천천히 휩쓸고 지나갔다. 정말로 이토록 위축되고, 해를 끼치지도 못하며, 겁먹은 존재가 자신을 다치게 한 것일까? 그는 인간의 냄새를 맡았다. 진한 냄새가 풍겼다. 하지만 이번에는 그 냄새와 함께 고통이 따라오지 않았다.

그런 다음 쏘어는 다시 천천히 네 발로 내려왔다. 그는 그 인간을 계속 바라보았다. 짐이 움직였다면 그는 죽었을 것이다. 그러나 쏘어는 인간처럼 살인자가 아니었다. 그는 다시 30초 동안 상처를 입거나 위협을 받을 조짐이 있는지를 지켜보았다. 아무 일도 일어나지 않았고, 그는 혼란스러웠다. 그의 코가 땅을 스쳤고, 짐은 그리즐리 곰의 뜨거운 숨결이 먼지를 일으켜 먼지가 흩날리는 것을 보았다. 그 후 길고 무시무시한 30초 동안, 곰과 인간은 서로를 바라보았다.

그 후 쏘어는 매우 천천히—그리고 의심스러운 듯—몸을 반쯤 돌렸다. 그는 으르렁거렸다. 그의 입술이 약간 씰룩거렸다. 하지만 바위 위에 웅크린 그 위축되고 창백한 얼굴을 한 작은 인간이 싸울 움직임을 보이지 않았기에, 그는 싸울 이유를 찾지 못했다. 그는 앞으로 나아갈 수 없다는 것을 알았다. 바위 턱이 산 벽에 막혀 있었기 때문이다. 만약 길이 있었더라면 짐의 이야기는 달라졌을지도 모른다. 그렇지 않아서, 쏘어는 자신이 왔던 방향으로 천천히 사라졌다. 그는 커다란 머리를 아래로 숙였고, 그가 갈 때 긴 발톱은 상아로 만든 캐스터네츠처럼 딸깍, 딸깍, 딸깍 소리를 냈다.

그제야 짐은 다시 숨을 쉬고 심장이 뛰기 시작한 것 같다고 느꼈다. 그는 흐느끼듯 크게 숨을 들이쉬었다. 그는 일어섰고, 다리에 힘이 빠진 것 같았다. 그는 1분, 2분, 3분을 기다렸다. 그리고 나서 그는 쏘어가 사라진 바위 턱의 굽은 길목으로 조심스럽게 발걸음을 옮겼다. 바위들은 길을 가로막지 않았다. 그는 살피고 귀 기울이며, 소총의 부서진 부품을 여전히 손에 쥔 채로, 초원이 펼쳐진 빈터를 향해 자신의 발자국을 되짚어가기 시작했다. 그는 평원의 가장자리에 이르자, 거대한 바위 뒤로 몸을 낮춰 숨었다.

300야드 (약 274m) 떨어진 곳에서 쏘어는 완만한 골짜기의 정상을 천천히 넘어, 동쪽 골짜기 쪽으로 걷고 있었다. 쏘어가 골짜기의 더 먼 능선 위에 다시 모습을 드러냈다가, 다시 자취를 감추자, 비로소 짐이 뒤따라 나섰다. 짐이 말을 묶어두었던 언덕에 도착했을 때, 쏘어는 더 이상 보이지 않았다. 말은 그가 두고 간 자리에 그대로 있었다. 짐은 안장에 올라타고 나서야 비로소 완전히 안전하다고 느꼈다. 그때 그는 불안하면서도 기쁨이 섞인 중간중간 끊어지는 웃음을 터뜨렸고, 골짜기를 자세히 살펴보면서 파이프에 신선한 담배를 채웠다.

"너는 위대하고 큰 곰의 신이야!" 짐이 속삭였다. 그가 처음으로 목소리를 낼 때, 온몸이 놀라운 흥분으로 떨리고 있었다. "너는—인간보다 더 큰 마음을 가진 괴물이야!" 그리고 나서 그는 자신이 말하고 있다는 것을 의식하지 못한 듯, 작은 목소리로 덧붙여 말했다. "내가 너를 그렇게 구석에 몰았더라면, 나는 너를 죽였을 거야! 그런데 너는! 너는 나를 구석에 몰아 넣고도, 나를 살려줬어!"

그는 야영장을 향해 말을 몰았고, 가면서 이날에 자신 안에서 일어나고 있던 큰 변화를 완성했음을 알았다. 그는 '산의 왕' (the King of the Mountains)을 만났고, 죽음에 직면하여 서 있었다. 그리고 마지막 순간에 자신이 사냥하고 상처 입힌 네 발 달린 동물은 자비를 베풀었다. 그는 브루스가 이해하지 않을 것이고, 이해할 수 없다고 생각했다. 그러나 짐에게 그 날과 그 시간은 그가 살아 있는 동안 잊지 못할 방식으로 의미를 주었다. 그리고 그는 이제부터 영원히 자신이 쏘어나 쏘어의 동족을 다시는 사냥하지 않을 것임을 알았다.

짐은 야영장에 도착해 저녁을 준비했다. 그리고 그는 머스크와 함께 저녁을 먹으며, 앞으로 며칠과 몇 주 동안의 새로운 계획을 세웠다. 그는 다음 날 브루스를 돌려보내 미투즌을 따라잡게 할 것이며, 그들은 더 이상 그 큰 그리즐리 곰을 사냥하지 않을 것이다. 그들은 스키나강으로 나아가고, 어쩌면 유콘 (Yukon)강의 가장자리까지 올라갔다가, 9월 초쯤 동쪽으로 방향을 틀어 순록이 서식하는 지역으로 들어가, 로키 산맥의 평야 지대에 있는 문명사회로 되돌아갈 것이다. 그는 머스크와도 그들과 함께 데려갈 작정이었다. 사람들이 사는 문명사회로 돌아가면, 그들은 좋은 친구가 될 것이다. 그는 그때는 머스크에게 이것이 무슨 의미일지를 생각하지 못했다.

그때가 두 시였고, 짐은 북쪽으로 향하는 새로운 미지의 길을 여전히 꿈꾸고 있었다. 그때 어떤 소리가 그를 깨우고 방해했다. 몇 분 동안 그는 그 소리에 주의를 기울이지 않았다. 그 소리는 계곡에서 나는 단조로운 잡음의 일부처럼 들렸기 때문이다. 그러나 그 소리는 계속 서서히 한층 더 커졌고, 마침내 그는 나무에 등을 기대고 누워 있다가 일어나, 소리를 더 분명하게 들을 수 있는 숲 밖으로 걸어 나갔다.

머스크와는 짐을 따라갔고, 짐이 멈추자 햇볕에 얼굴이 탄 새끼 곰도 멈췄다. 머스크와의 작은 귀가 호기심에 쫑긋 섰다. 머스크와는 북쪽을 향해 고개를 돌렸다. 그 방향에서 그 소리가 들려오고 있었다. 잠시 후, 짐은 그 소리를 알아차렸다. 그러나 그때조차도 그는 자신의 귀가 그를 속이고 있음에 틀림없다고 생각했다. 그것이 개 짖는 소리일 리가 없었다! 이때쯤이면 브루스와 미투즌은 개들을 데리고 남쪽 멀리까지 가 있어야 했다. 적어도 미투즌은 그래야 했고, 브루스는 야영지로 돌아오는 중이어야 했다!

그 소리는 빠르게 점점 더 또렷해졌고, 마침내 짐은 자신이 잘못 듣고 있지 않다는 것을 알았다. 개들이 계곡을 따라 올라오고 있었다. 무언가가 브루스와 미투즌을 남쪽이 아닌 북쪽으로 돌려보낸 것이었다. 그리고 개들은 사냥감의 신선한 자취를 다시 쫓고 있음을 알리는 듯, 사납고 격렬하게 짖고 있었다. 갑자기 짐의 온몸에 전율이 일었다.

브루스가 개들로 하여금 쫓게 할 만한 생명체는 그 계곡을 통틀어 단 하나뿐이었다. 그것은 바로 그 큰 그리즐리 곰이었다! 몇 분 더 짐은 그 자리에 서서 소리를 들었다. 그리고 나서 그는 서둘러 야영지로 돌아가, 머스크와를 나무에 묶고, 또 다른 소총을 챙겨 무장한 채, 말에 안장을 다시 채웠다. 5분 후, 그는 방금 전 쏘어가 자신의 생명을 구해준 그 지역을 향해, 말을 타고 빠르게 달리고 있었다.

18장

쏘어는 개들이 1마일 (약 1.6km) 떨어진 곳에 있었을 때 그들의 소리를 들었다. 그가 며칠 전보다 지금 그들에게서 도망칠 마음이 덜했던 데에는 두 가지 이유가 있었다. 개들만 있다면, 마치 그것들이 매우 많은 오소리들이나 바위에서 그를 향해 휘파람을 부는 수많은 마멋들처럼 그는 두렵지 않았다. 그는 개들이 요란하게 짖기만 할 뿐, 송곳니가 작고 죽이기 쉽다는 것을 이미 알고 있었다. 그를 불안하게 하는 것은 개들 뒤에서 가까이 따라가는 존재였다. 하지만 오늘 그는 골짜기에 이상한 냄새를 들여온 그 존재와 마주 섰고, 그것은 그를 해치려 하지 않았으며, 그는 그것을 죽이지 않았다. 게다가 그는 암컷 곰 이스콰오를 다시 찾고 있었고, 사랑을 위해 목숨을 걸 동물은 인간만이 아니다.

그들이 산 너머까지 자신을 쫓아왔던 그 운명의 날 해 질 무렵에, 쏘어는 마지막 개를 죽인 후, 브루스가 예상했던 그대로 행동했다. 그는 남쪽으로 계속 가지 않고 북쪽으로 더 크게 우회했으며, 싸움을 하고 머스크와를 잃은 지 사흘째 되는 밤에 이스콰오를 다시 찾았다. 그날 저녁 황혼에 피푸나스쿠스가 죽었고, 쏘어는 브루스의 자동 소총이 날카롭게 발사되는 소리를 들었다. 그날 밤, 다음 날과 그다음 밤 내내 그는 이스콰오와 함께 시간을 보냈고, 이후 다시 그녀를 떠났다. 쏘어가 바위 턱 위에 설치된 덫에 걸린 짐을 발견했을 때는 그녀를 세 번째로 찾던 중이었다. 개들이 그를 뒤쫓으며 짖는 소리를 그가 처음 들었을 때, 그는 아직 그녀의 흔적을 발견하지 못한 상태였다.

쏘어는 남쪽으로 이동하며 사냥꾼들의 야영지에 더 가까워졌다. 그는 움푹 팬 작은 지역과 초원이 있는 높은 경사를 따라갔고, 그곳은 이판암 조각들, 깊은 협곡과 때때로 야생의 암석 융기에 의해 갈라져 있었다. 그는 이스콰오에게 가까워졌을 때, 그녀의 냄새를 놓치지 않으려고 바람을 정면으로 맞으며 나아갔다. 개 짖는 소리 때문에 그는 뒤쫓아오는 짐승들이나 그들 뒤에서 말을 타고 있던 두 남자의 냄새는 맡을 수 없었다.

평소였다면 그는 바람을 유리하게 이용하여, 위험이 그의 앞에 오도록 우회하는 가장 좋아하는 수법을 썼을 것이다. 이제 조심성은 그가 짝을 찾으려는 열망에 비해 덜 중요한 것이 되었다. 개들이 반 마일 (약 805m)도 채 안 되는 거리까지 쫓아왔을 때, 그는 갑자기 멈춰 서서 잠시 공기를 맡더니, 좁은 계곡에 의해 막힐 때까지 빠르게 나아갔다.

이스콰오가 산 아래 움푹 팬 곳에서 그 계곡 위쪽으로 달려오고 있었다. 그녀가 위쪽으로 달려올 때, 쏘어는 늦지 않게 내려가 그녀를 만났다. 그때 개들의 짖는 소리가 격렬했고 가까워지고 있었다. 그녀는 잠시 멈춰 그와 코를 맞대고 냄새를 맡았고, 곧 언짢아하며 귀를 뒤로 납작하게 젖히고, 위협적으로 포효하며 나아갔다.

쏘어는 이스콰오를 뒤쫓았고, 그도 으르렁거렸다. 그는 그의 짝이 개들에게서 도망치고 있음을 알았다. 그리고 그는 그녀를 따라 산 위로 더 높이 올라가며, 다시 치명적이고 서서히 커져가는 분노가 그를 휩쓸었음을 알았다. 이런 순간의 쏘어는 가장 사나웠다. 일주일 전 개들에게 쫓겼을 때처럼 쫓길 때 그는 투사였지만, 짝에게 위험이 닥쳤을 때 그는 무시무시하고 무자비한 악마가 되었다. 그는 이스콰오보다 점점 더 멀리 뒤처졌다. 그는 두 번 몸을 돌렸고, 그의 당겨진 입술 아래로 이빨이 번뜩였다. 그가 낮게 으르렁거리자, 도전적인 기세가 적들에게 전달되었다.

쏘어가 협곡에서 올라왔을 때, 그는 산봉우리의 그림자 안에 있었고, 이스콰오는 하늘을 향해 산을 급히 오르며 이미 사라졌다. 그녀가 간 곳은 바위 산사태가 일어난 곳으로, 떨어져 부서진 사암 바위 덩어리의 조각들이 쌓여 있는 거칠고 어수선한 장소였다. 능선은 그의 위로 고작 300야드 (약 274m) 떨어져 있었다. 그는 위를 올려다보았다. 이스콰오는 바위들 사이에 있었고, 이곳이 싸울 장소였다. 개들이 이제 그의 가까이에 있었다. 그들은 협곡의 마지막 구간을 올라오며 크게 짖어 댔다. 쏘어는 몸을 돌려 그들을 기다렸다.

남쪽으로 반 마일 (약 805m) 떨어진 곳에서 망원경을 들여다보던 짐은 쏘어를 발견했고, 거의 동시에 개들이 협곡 가장자리에 나타났다. 그는 산 중턱까지 말을 타고 오른 뒤, 그 지점에서 더 높이 걸어올라, 쏘어와 거의 같은 고도에 이르렀다. 그 고도에서 그는 양들이 자주 다녀 잘 다져진 길을 따라 걷고 있었다. 그가 서있는 자리에서 망원경으로 내려다본 골짜기는 수 마일에 걸쳐 뻗어 있었다. 그가 브루스와 인디언을 찾는 데는 오래 걸리지 않았다. 그들은 협곡 아래에서 말에서 내렸고, 그가 가만히 보는 동안 빠르게 협곡 안으로 달려 들어가 사라졌다.

다시 짐은 쏘어에게 시선을 돌렸다. 개들은 이제 쏘어를 붙잡고 있었고, 그는 그 탁 트인 공간에서 그리즐리 곰이 개들을 죽일 가능성이 없다는 것을 알았다. 그때 그는 더 높은 바위들 사이에서 움직임을 보았다. 그는 이스콰오가 고르지 못한 산봉우리를 향해 꾸준히 오르고 있는 것을 알아차리고는 입에서 낮은 소리가 터져 나왔다. 그는 이 두 번째 곰이 암컷임을 알았다. 큰 그리즐리 곰, 즉 그녀의 짝은 싸우기 위해 멈추었다. 만약 개들이 약 10분이나 15분 동안 쏘어를 붙잡아 둘 수 있다면, 쏘어에게 희망은 없었다. 브루스와 미투즌은 협곡의 가장자리를 넘어, 100야드 (약 91m)도 되지 않는 거리에서 그 시간 안에 나타날 것이다!

짐은 쌍안경을 케이스에 넣고, 양들이 다니는 길을 따라 달리기 시작했다. 그는 200야드 (약 183m)까지는 쉽게 이동했다. 그런데 그 후 그 길은 부드럽고 미끄러운 이판암 경사면 위에서 수많은 개별 발자국으로 갈라졌고, 그는 다음 50야드(약 46m)를 가는 데 5분이 걸렸다. 길이 다시 단단해졌다. 그는 숨을 헐떡이며 계속 달렸고, 다시 5분 동안 능선의 산어깨가 쏘어와 개들을 그의 시야에서 가렸다. 그가 그 능선을 넘어가서 50야드 (약 46m)를 달려, 능선의 더 먼 쪽으로 내려갔을 때, 그는 급히 멈췄다. 가파른 계곡이 길을 막아 더 이상 나아갈 수 없었다.

짐은 쏘어가 바위에 등을 대고 거대한 머리를 개 무리 쪽으로 향한 채 서 있는 곳에서 500야드 (약 457m) 떨어진 지점에 있었다. 짐이 숨을 고르며 외치려고 애쓰면서 바라보는 순간에도, 그는 협곡에서 브루스와 미투즌이 나타나는 것을 보게 될 것이라고 예상했다. 설령 그가 그들에게 들리게 외칠 수 있다 해도, 그들이 자신을 이해하는 것은 불가능할 것이라는 생각이 그때 그에게 번뜩였다. 브루스는 그들이 거의 2주 동안 쫓아온 그 짐승을 자신이 살려주고 싶어한다는 생각을 하지 못할 것이다.

쏘어는 개들을 향해 달려들며 그들을 협곡 쪽으로 무려 20야드 (약 18m)나 몰아붙였다. 그때 짐은 바위 뒤로 급히 몸을 숨겼다. 이제 그가 너무 늦지 않았다면, 쏘어를 구할 수 있는 방법은 단 하나뿐이었다. 개들은 경사면 아래로 몇 야드 물러섰고, 짐은 그들을 조준했다. 그의 머릿속에는 오직 한 가지 생각만이 가득했다—그는 개들을 희생시키거나, 그렇지 않으면 쏘어가 죽도록 내버려두어야 한다. 그런데 그날 쏘어는 자신의 목숨을 살려주었다!

망설임 없이 그는 방아쇠를 당겼다. 사격 거리가 멀었고, 첫 번째 총알은 에어데일 테리어들까지 50피트 (약 15m)를 남겨둔 지점에 떨어지며, 먼지 구름을 일으켰다. 그는 다시 한번 쐈으나 빗나갔다. 세 번째로 그의 소총이 발사되었을 때, 그 총성에 응답하듯 고통에 찬 날카로운 비명이 터져 나왔지만, 짐 자신은 듣지 못했다. 개들 중 한 마리가 경사면 아래로 데굴데굴 굴러 떨어졌다.

총소리만으로는 쏘어는 움직이지 않았지만, 적 중 하나가 쓰러져 산 아래로 굴러 떨어지는 모습을 보자, 그는 바위 뒤의 안전한 곳으로 천천히 몸을 돌렸다. 네 번째와 다섯 번째 총성이 연이어 울렸고, 다섯 번째 총성에 짖어대던 개들이 협곡 쪽으로 물러났으며, 그중 한 마리는 앞발이 부러진 채 절뚝거리고 있었다.

짐은 자신이 총을 얹어두었던 바위 위로 뛰어올랐다. 그의 시선이 능선을 포착했다. 이스콰오는 정상에 방금 도달했다. 그녀는 잠시 멈추어 아래를 내려다보았다. 곧 그녀는 사라졌다. 쏘어는 이제 바위들과 부서진 사암 덩어리들 사이에 몸을 숨기며, 그녀의 자취를 따라가고 있었다. 그 그리즐리 곰이 사라진 후 2분 이내에, 브루스와 미투즌이 협곡 가장자리 위로 허겁지겁 올라왔다. 그들이 서 있던 곳에서는 능선까지도 상당히 좋은 사격 거리 안에 있었다. 짐은 갑자기 흥분하여 소리를 지르며 팔을 흔들고 아래쪽을 가리켰다.

쏘어가 숨은 바위들 가까이에서 개들이 다시 맹렬히 짖고 있었지만, 브루스와 미투즌은 짐의 계략에 걸려들었다. 그들은 짐이 서 있는 자리에서 쏘어의 진행 상황을 볼 수 있고, 쏘어가 그 골짜기 쪽으로 달려가고 있다고 믿었다. 그들은 경사면을 100야드 (약 91m) 더 내려간 후에야 비로소 멈춰 서서, 추가적인 지시를 받기 위해 짐을 돌아보았다. 짐은 자신이 서 있던 바위에서 능선을 가리키고 있었다. 쏘어는 막 능선을 넘고 있었다. 그는 이스콰오처럼 잠시 멈춰 섰고, 마지막으로 인간을 내려다보았다. 그리고 짐은 쏘어의 마지막 모습을 보며, 모자를 흔들고 외쳤다. "행운을 빌어, 노련한 친구―행운을 빌어!"

19장

그날 밤 짐과 브루스는 새로운 계획을 세웠다. 한편 미투즌은 떨어져 앉아, 신경 쓰지 않는 듯 말없이 담배를 피웠다. 그는 마치 그날 오후에 벌어진 일을 아직도 믿을 수 없다는 듯, 짐을 가끔 바라보았다. 그날 이후로 여러 달 동안 그는, 그리즐리 곰의 목숨을 구하기 위해 자기 개들을 쏜 백인과 한때 함께 사냥했던 이야기를 아이들, 손주들과 천막집에 사는 부족 친구들에게 결코 잊지 않고 전할 것이다.

미투즌에게 짐은 더 이상 예전의 짐이 아니었고, 이 사냥 후 미투즌은 그와 다시는 사냥하지 않을 것임을 알았다. 짐은 이제 '*제정신이 아닌 사람*'(*keskwao*)이었기 때문이다. 그의 머릿속에서 무엇인가가 잘못되었다. 인디언 부족의 대정령(The Great Spirit)이 그의 마음을 빼앗아 그리즐리 곰에게 준 것이다. 미투즌은 파이프 너머로 짐을 조심스럽게 바라보았다. 이 의심은 브루스와 짐이 소가죽 바구니로 새끼 곰을 위한 우리를 만드는 것을 그가 보았고, 그 새끼 곰이 그들과 함께 긴 여행을 떠날 것임을 그가 알게 되었을 때 확신이 되었다. 이제 그의 마음에 의심이 없었다. 짐은 '제정신이 아닌' 사람이었고, 인디언에게 있어 그런 이상함은 인간에게 결코 좋은 징조가 아니었다.

다음 날 아침 해 뜰 무렵, 일행은 북부 지방으로 향하는 긴 여정을 떠날 준비가 되어 있었다. 브루스와 짐은 앞장서서 경사면을 올라, 그들이 처음 쏘어를 만났던 골짜기로 들어가는 분수계를 넘었다. 일행은 그림 같은 모습으로 그들 뒤를 줄지어 따라갔고, 맨 뒤에는 미투즌이 따라가고 있었다. 소가죽 바구니 안에는 머스크와가 타고 있었다.

짐은 마음이 흡족했고 행복했다. "그것은 내 인생 최고의 사냥이었어," 그가 브루스에게 말했다. "우리가 곰을 살려둔 것을 난 결코 후회하지 않아."

"네가 의사지," 브루스가 다소 빈정대며 말했다. "내 마음대로 한다면 곰의 가죽은 디시팬(Dishpan)에 있을 거야. 철도 선로 근처의 관광객은 거의 누구든지 백 달러에 그것을 사려고 달려들 거야."

"곰이 살아있는 것이 나에게 몇 천 달러의 가치가 있어," 짐이 대답했다. 수수께끼 같은 반박을 하고서 그는 머스크와가 어떻게 타고 있는지를 보려고 뒤로 물러났다. 새끼 곰은 마치 코끼리 등에 얹힌 가마 안에서 생초보자처럼 소가죽 바구니 안에서 이리저리 흔들리고 굴렀다. 짐은 한동안 새끼 곰을 바라보고 나서, 다시 브루스를 따라잡았다. 그 후 두세 시간 동안 짐은 머스크와에게 여섯 번 다녀왔고, 브루스에게 돌아올 때마다 말이 더 줄어들었다. 그는 마치 무언가를 곰곰이 생각하는 듯했다.

일행이 쏘어 골짜기의 끝이 분명한 곳에 도달한 것은 아홉 시였다. 산이 골짜기의 끝 앞에서 우뚝 솟아 있었고, 그들이 따라가고 있던 시냇물이 급격하게 서쪽으로 방향을 틀며 좁은 협곡으로 들어갔다. 동쪽에는 푸르고 완만하게 굽이진 경사면이 솟아 있었고, 그 위로 말들이 쉽게 이동할 수 있었다. 그리고 이 경사면은 일행을 드리프트우드(Driftwood) 방향의 새로운 골짜기로 이끌 것이었다. 브루스는 이 길을 택하기로 결정했다.

경사면을 반쯤 올랐을 때, 일행은 말들에게 숨 돌릴 시간을 주기 위해 멈쳤다. 소가죽 감옥 속의 머스크와는 애원하듯 낑낑거렸다. 짐은 그 소리를 들었지만, 전혀 신경 쓰지 않는 것 같았다. 그는 줄곧 골짜기를 되돌아보고 있었다. 아침 햇살 속에서 골짜기는 눈부시게 아름다웠다. 그는 산봉우리들을 볼 수 있었다. 산봉우리들 아래에는 쏘어가 낚시를 했던, 서늘하고 어두운 호수가 자리 잡고 있었다.

수 마일에 걸쳐 경사면은 초록색 벨벳처럼 펼쳐져 있었고, 짐이 바라보았을 때 쏘어의 세상에서 흘러나오는 마지막 단조로운 음악이 그의 귀에 들려왔다. 그 소리는 그가 떠나는 것과 자신이 오기 전에 있던 그대로 자연을 두고 간다는 것을 기뻐하는 가사로 구성된 찬가처럼 들리며, 그의 호기심을 자극하고 강렬한 인상을 남겼다. 그런데 그는 *정말로* 자연을 원래대로 두고 떠나는 것인가? 그 산들의 음악 속에 담긴 슬픔, 비탄, 애처로운 탄원과 같은 무언가를 그의 귀는 듣지 못했는가?

또다시 짐에게 가까운 곳에서 머스크와가 조용히 낑낑거렸다. 그때 짐은 브루스를 향해 돌아섰다. "결정했어," 그가 말했다. 그의 말에는 단호한 어조가 있었다. "난 아침 내내 마음을 정하려고 노력했는데, 이제 결정했어. 말들이 한숨 돌리면 너와 미투즌은 계속 가. 나는 그곳에서 한 1마일 (약 1.6km) 정도 말을 타고 내려가서, 새끼 곰이 집으로 돌아갈 길을 찾을 수 있는 곳에 새끼 곰을 풀어줄 거야!" 그는 논쟁이나 의견을 기다리지 않았고, 브루스는 아무 말도 하지 않았다. 그는 머스크와를 품에 안고 남쪽으로 말을 타고 돌아갔다.

골짜기를 1마일 (약 1.6km) 올라가, 짐은 넓고 탁 트인 초원에 이르렀다. 그곳에는 가문비나무와 버드나무들이 여기저기 흩어져 있었고, 달콤한 꽃향기가 가득했다. 여기에서 그는 말에서 내렸고, 10분 동안 머스크와와 함께 땅에 앉아 있었다. 그는 주머니에서 작은 종이봉투를 꺼내어 새끼 곰에게 마지막 설탕을 먹였다.

머스크와의 부드럽고 작은 코가 그의 손바닥을 문지르자, 짐의 목이 메었다. 마침내 벌떡 일어나 안장에 올랐을 때, 그의 눈은 눈물로 흐려졌다. 그는 웃으려고 애썼다. 어쩌면 그는 감정적으로 약해진 것일지도 모른다. 그러나 그는 머스크와를 사랑했고, 그가 이 산골짜기 속에서 인간 친구 이상의 존재를 떠나고 있음을 알았다.

"잘 가, 옛 친구," 짐이 말했고 목이 메었다. "잘 가, 작은 불꽃! 어쩌면 언젠가 내가 돌아와서 너를 만나겠지, 그리고 너는 크고 사나운 곰이 되어 있겠지—하지만 나는 쏘지 않을 거야—절대—절대—" 그는 말을 타고 북쪽으로 빠르게 나아갔다. 300야드 (약 274m)쯤 갔을 때 그는 고개를 돌려 뒤를 보았다. 머스크와가 그를 따라오고 있었지만 점점 멀어지고 있었다. 짐은 손을 흔들었다. "잘 가!" 그는 목이 멘 목소리로 외쳤다. "잘 가!"

30분 후, 짐은 경사면 꼭대기에서 망원경을 통해 내려다보았다. 그는 머스크와를 보았는데, 머스크와는 검은 점처럼 보였다. 새끼 곰은 멈춰 서서, 그가 돌아올 것을 굳게 믿으며 기다리고 있었다. 다시 웃어보려 노력했지만 형편없이 실패한 채, 짐은 말을 몰아 분수령을 넘어 머스크와의 삶에서 멀어져 갔다.

20장

머스크와는 짐이 지나간 꽤 긴 0.5 마일 (약 805m)의 길을 따라갔다. 머스크와는 처음에는 달리다가, 그 후에는 걸었다. 결국 그는 완전히 멈추어, 멀리 있는 경사면을 바라보며 개처럼 앉았다. 만약 짐이 걸었더라면 그는 피곤할 때까지 멈추지 않았을 것이다. 하지만 그 새끼 곰은 그의 바구니 감옥을 좋아하지 않았다. 그는 굉장히 흔들리고 이리저리 튀어 올랐다. 그를 실은 말이 두 번이나 몸을 털었고, 그 흔들림은 그에게 지진처럼 느껴졌다.

머스크와는 짐뿐만 아니라 자신이 갇혀 있었던 우리도 자신보다 앞서 있었다는 것을 알았다. 그는 한동안 앉아 아쉬운 듯이 낑낑거렸지만, 더 이상 나아가지 않았다. 그는 자신이 사랑하게 된 친구가 곧 돌아올 것이라고 확신했다. 짐은 항상 돌아왔고, 자신을 실망시킨 적이 결코 없었다. 그래서 그는 클레이토니아나 얼레지를 찾으러 다니기 시작했고, 한동안 일행이 지나간 곳에서 너무 멀리 벗어나지 않도록 조심했다.

그날 하루 종일 새끼 곰은 경사면 아래 꽃으로 뒤덮인 초원에 머물렀다. 햇볕을 쬐는 것이 매우 즐거웠고, 그는 자신이 좋아하는 구근이 있는 곳을 한 군데 이상 발견했다. 그는 그곳을 파헤쳐 배를 채웠으며, 오후에는 낮잠을 잤다. 그러나 해가 지기 시작하고 산의 짙은 그림자가 골짜기를 어둡게 만들자, 그는 두려움을 느끼기 시작했다.

머스크와는 아직 아주 작은 새끼 곰이었고, 어머니가 돌아가신 후 그 끔찍한 밤 단 한 번만 그는 완전히 혼자 시간을 보냈었다. 쏘어가 어머니를 대신했고, 짐이 쏘어를 대신해서, 그는 지금까지 어둠 속에서의 외로움과 공허함을 느껴본 적이 없었다. 그는 쏘어가 지나간 길 가까이에 있는 가시덤불 아래로 기어 들어가, 계속 기다리고, 귀를 기울이고, 기대하며 냄새를 맡았다. 별들은 맑고 밝게 떠올랐지만, 오늘 밤 별빛의 유혹은 그를 밖으로 불러낼 만큼 충분히 강하지 못했다. 그는 새벽이 되어서야 가시덤불 은신처에서 조심스럽게 살며시 나왔다.

햇살은 머스크와에게 용기와 자신감을 다시 주었고, 그는 골짜기를 따라 다시 돌아다니기 시작했다. 말 발자국 냄새는 점점 더 희미해지더니, 마침내 완전히 사라졌다. 그날 머스크와는 풀 약간과 얼레지 구근을 몇 개 먹었고, 두 번째 밤이 되었을 때 그는 경사면 바로 옆에 이르렀다. 그 경사면은 쏘어와 이스콰오가 있었던 골짜기에서 출발한 일행이 넘어온 곳이었다. 그는 지치고 배고팠으며, 완전히 길을 잃은 상태였다.

그날 밤 머스크와는 텅 빈 통나무 속 끝에서 잠을 잤다. 다음 날 그는 계속 길을 걸었다. 그 후로 여러 낮과 밤 동안 그는 큰 골짜기에서 홀로 지냈다. 그는 쏘어와 함께 나이 든 곰을 만났던 물웅덩이 근처를 지나며, 배가 고파서 물고기 뼈들 사이를 쿵쿵거리며 뒤적였다. 그는 어둡고 깊은 호수의 가장자리를 따라 나아갔고, 숲의 어둠 속에서 그림자처럼 어른거리는 것들을 다시 보았다.

머스크와는 비버가 만든 댐을 건너갔다. 그리고 쏘어가 그들의 첫 물고기를 내던지는 모습을 그가 지켜보았던 통나무 더미 근처에서 그는 이틀 밤을 잤다. 그는 이제 짐을 거의 잊어가고 있었고, 쏘어와 자신의 어머니에 대해서 점점 더 많이 생각하고 있었다. 그는 그들과 함께 있고 싶었다. 그는 지금까지 인간과 어울리기를 바랐던 것 이상으로 그들과 함께 있고 싶었다. 그는 다시 빠르게 야생 동물로 돌아가고 있었기 때문이다.

8월 초가 지나서야 머스크와는 골짜기 안의 고갯길에 도달했고, 쏘어가 처음 천둥과 같은 총성을 들었고 백인들의 총에 처음 맞아 아픔을 느꼈던 그 경사면을 올라갔다. 이 2주 동안 머스크와는 자주 빈속으로 잠자리에 들었음에도 불구하고 빠르게 성장했고, 더는 어둠을 두려워하지 않았다.

머스크와는 진흙탕 위쪽에 있는 깊고 햇빛이 들지 않는 협곡을 지나갔고, 빠져나갈 수 있는 길이 오직 하나였기 때문에, 과거에 쏘어가 먼저 넘어가고, 짐과 브루스가 바짝 뒤쫓아 넘어갔던 그 고갯길의 정상에 마침내 도달했다. 그리고 그가 내려다보는 곳에는 그의 고향인 다른 골짜기가 펼쳐져 있었다.

물론 머스크와는 그곳을 알아보지 못했다. 그는 그곳에서 보고 냄새 맡은 것 중에서 익숙한 것이 아무것도 없었다. 하지만 그곳은 매우 아름다운 골짜기였고, 먹을거리와 햇살이 풍부하게 가득 차 있어서, 그는 그곳을 서둘러 지나가지 않았다. 그는 클레이토니아와 얼레지가 있는 많은 꽃밭들을 발견했다. 그리고 셋째 날에 그는 처음으로 진짜 사냥감을 죽였다. 그는 붉은 다람쥐만큼 작은 어린 마멋을 거의 밟을 뻔했고, 그 작은 동물이 도망칠 수 있기 전에 덮쳤다. 그것은 그에게 훌륭한 만찬이 되었다.

머스크와가 어머니가 돌아가신 경사면 바로 아래의 개울 바닥을 따라 지나가는 데에는 꼬박 일주일이 걸렸다. 만약 그가 경사면의 능선을 따라 이동했더라면, 그는 야생 동물들이 살을 깨끗이 발라먹고 남긴 어머니의 뼈를 발견했을 것이다. 그리고 쏘어가 수컷 순록과 큰 흑곰을 잡았던 작은 초원에 머스크와가 도착하기까지는 또 일주일이 걸렸다.

그리고 이제 머스크와는 자신이 고향에 돌아왔다는 것을 알았다! 이틀 동안 그는 만찬과 싸움이 벌어진 현장에서 200야드 (약 183m)도 이동하지 않았고, 밤낮으로 쏘어를 기다리며 주변을 살폈다. 그러다가 그는 먹이를 찾아 더 멀리 나서야 했지만, 매일 오후 산에 긴 그림자가 드리우기 시작하면, 그는 그들이 만들었고 흑곰 도둑이 빼앗은 은닉처가 안에 있던 나무 무리 쪽으로 되돌아오곤 했다.

어느 날 머스크와는 평소보다 더 멀리 뿌리를 찾아 나섰다. 그는 자신이 집으로 삼은 곳에서 반 마일 (약 805m)이나 떨어진 곳에 있었다. 그가 바위 끝 주변을 냄새 맡고 있었을 때, 갑자기 커다란 그림자가 그의 위에 드리워졌다. 그는 위를 올려다보았고, 그 자리에서 꼼짝 못 한 채 30초 동안이나 서 있었다. 그의 심장은 평생 한 번도 그렇게 세차게 뛰어본 적이 없었던 것처럼 고동치고 있었다.

머스크와에게서 5피트 (약 1.5m) 이내의 거리에 쏘어가 서 있었다! 큰 그리즐리 곰은 머스크와처럼 미동도 없이 그를 뚫어지게 바라보았다. 그러자 머스크와는 기쁨에 겨워 강아지처럼 낑낑거리며 앞으로 달려갔다. 쏘어는 거대한 머리를 낮추었고, 그들은 다시 30초 동안 움직이지 않고 서 있었다. 쏘어는 코를 머스크와의 등에 난 털에 묻었다. 그 후 쏘어는 마치 머스크와가 한 번도 길을 잃은 적이 없었던 것처럼 경사면을 올라갔고, 머스크와는 행복하게 그를 따라갔다.

이날 이후 멋진 여행과 푸짐한 식사가 여러 날 계속되었다. 쏘어는 두 개의 골짜기와 그 사이에 있는 여러 산속의 수많은 새로운 장소로 머스크와를 이끌었다. 멋진 낚시를 하던 날들이 있었고, 산 너머에서는 또 다른 순록이 죽었다. 머스크와는 점점 더 살이 찌고 무거워져서, 9월 중순 무렵에는 상당히 큰 개만큼 자라 있었다.

그 후 열매가 열리기 시작했고, 쏘어는 그 열매들이 모두 골짜기 속 깊숙한 낮은 곳의 어느 지점에서 자라는지를 알았다. 처음에는 야생 붉은 산딸기, 그 다음에는 무환자나무 열매, 그리고 그 뒤로는 숲의 시원한 깊은 곳에서 자라는 맛있는 까막까치밥나무 열매가 열렸다. 까막까치밥나무 열매는 거의 체리만큼 컸고, 짐이 머스크와에게 먹였던 설탕만큼 달콤했다. 머스크와는 까막까치밥나무 열매를 그중 가장 좋아했다. 그 열매는 굵고 풍성한 송이로 자랐고, 열매가 주렁주렁 열린 관목에는 나뭇잎이 없었다. 그는 5분 만에 1쿼트(약 0.95L) 분량의 열매를 따서 먹을 수 있었다.

하지만 마침내 열매가 열리지 않는 때가 왔다. 10월이었다. 밤은 몹시 추웠고, 며칠씩 연이어 햇빛이 비치지 않곤 했다. 하늘은 어둡고 구름으로 가득했다. 산봉우리에는 눈이 점점 더 깊이 쌓여갔고, 이제 능선 가까이에서 눈은 결코 녹지 않았다. 계곡에도 눈이 내렸다. 처음에는 눈이 하얀 카펫처럼 얇게 덮이며 머스크와의 발을 시리게 했지만, 금세 녹아 사라졌다. 북쪽에서 으슬으슬한 바람이 불기 시작했다. 여름에 계곡에서 들려오는 단조로운 소리 대신에, 이제는 밤이면 날카롭게 울부짖는 소리와 끼익거리는 소리가 들려왔으며, 나무들은 구슬픈 소리를 냈다.

머스크와는 온 세상이 변해가는 것처럼 느꼈다. 그는 이 춥고 어두운 며칠 동안, 쏘어가 골짜기 바닥에서 은신처를 찾을 수 있을 때, 왜 바람이 휘몰아치는 경사면에 머무는지 궁금했다. 그리고 만약 쏘어가 그에게 조금이라도 설명할 수 있다면, 겨울이 아주 가까워졌고, 이 경사면들이 그들에게 마지막 먹이터라고 말했을 것이다.

골짜기들에서는 열매가 사라졌고, 풀과 뿌리만으로는 더 이상 쏘어와 머스크와의 몸에 충분한 영양분을 공급할 수 없었다. 그들은 개미나 땅벌레를 찾으며 시간을 더 이상 낭비할 수 없었다. 물고기들은 깊은 물속에 있었다. 이 시기에는 순록이 여우만큼 후각이 예민하고 바람처럼 빨랐다. 오직 경사면에서만 그들이 확실히 잡을 수 있는 저녁거리가 있었다―굶주린 날에 먹는 마멋들과 땅다람쥐들이었다.

쏘어는 이제 마멋과 땅다람쥐를 잡으려고 땅을 팠고, 머스크와는 땅을 파는 이 작업을 가능한 한 많이 도왔다. 그들은 마멋 가족이 겨울잠을 자는 아늑한 자리를 찾아내기 위해 짐마차 몇 대 분량의 흙을 여러 번 파냈다. 때때로 그들은 붉은 다람쥐만 한 작은 땅다람쥐 서너 마리를 잡으려고 몇 시간씩 땅을 팠는데, 땅다람쥐들은 살이 올라 맛있었다.

그렇게 쏘어와 머스크와는 10월의 마지막 날들을 버텨내며 11월로 접어들었다. 이제 눈, 찬바람과 거친 눈보라가 북쪽에서 본격적으로 불어왔고, 연못과 호수는 완전히 얼음으로 뒤덮이기 시작했다. 그래도 쏘어는 경사면에 머물렀고, 머스크와는 밤마다 추위에 떨며 해가 다시 비추지 않는 것은 아닐까 궁금해했다.

11월 중순경 어느 날, 쏘어는 마멋 가족을 파내던 중 멈추더니, 곧장 골짜기로 내려가, 남쪽으로 매우 신속하게 나아갔다. 그들은 출발했을 때 진흙 웅덩이가 있는 협곡에서 10마일 (약 16km)이나 떨어져 있었지만, 큰 그리즐리 곰이 매우 빠른 속도로 이끌어서, 그들은 그날 오후 어두워지기 전에 그곳에 도착했다.

이후 이틀 동안 쏘어는 마치 삶에 아무런 목적이 없어 보였다. 협곡에는 먹을 것이 전혀 없었고, 그는 바위 사이를 배회하며 냄새를 맡고, 소리에 귀를 기울이며, 머스크와가 아예 이해할 수 없는 방식으로 행동했다. 둘째 날 오후, 쏘어는 뱅크스소나무가 무리 지어 있는 곳에서 멈췄다. 소나무 아래 땅에는 떨어진 솔잎들이 흩어져 있었다. 그는 이 솔잎들을 먹기 시작했다. 머스크와에게 그것들은 전혀 맛있어 보이지 않았지만, 그는 어쩐지 쏘어를 따라 해야 할 것 같아서 솔잎들을 핥아 삼켰다. 그것이 긴 겨울잠을 앞둔 자연의 마지막 준비였음을 그는 알지 못했다.

그들이 쏘어가 태어났던 깊은 동굴 입구에 도착한 때는 네 시 였다. 여기에서 쏘어는 다시 멈추어 서서, 특별히 기다리는 것 없이, 바람 냄새를 여기저기 맡았다. 점점 어두워지고 있었다. 울부짖는 폭풍이 협곡 위로 드리웠다. 산봉우리에서 살을 에는 듯한 바람이 세차게 불어왔다. 하늘은 깜깜했고, 눈이 많이 내리고 있었다.

쏘어는 머리와 어깨를 동굴 입구 안으로 들이밀고 잠시 서 있었다. 곧 그는 안으로 들어갔다. 머스크와도 그 뒤를 따랐다. 그들은 칠흑 같은 어둠 속으로 깊이 들어갔고, 안은 점점 더 따뜻해졌다. 울부짖던 바람 소리는 점차 잦아들어 희미한 속삭임이 되었다. 쏘어는 편히 잠들기 위한 자세를 잡는 데 적어도 30분이 걸렸다. 그 후 머스크와는 그의 곁에서 몸을 웅크렸다. 새끼 곰은 아주 따뜻하고 매우 편안함을 느꼈다.

그날 밤 눈보라가 거세게 휘몰아쳤고, 눈이 깊이 쌓였다. 눈보라가 구름처럼 협곡을 따라 올라왔고, 협곡 꼭대기를 지나 한층 더 자욱한 구름처럼 몰려 내려왔다. 온 세상이 눈 속에 깊이 파묻혔다. 아침이 되자, 동굴 입구도, 바위도, 나무와 관목의 검은빛과 보랏빛도 모두 사라져 있었다. 모든 것이 하얗고 고요했으며, 계곡에서 들려오던 단조로운 소리도 더 이상 들리지 않았다. 동굴 깊은 안쪽에서 머스크와는 불안하여 몸을 뒤척였다. 쏘어는 깊은 한숨을 내쉬었다. 그 후 그들은 길고 깊은 잠에 빠져들었다. 그리고 그들은 어쩌면 꿈을 꾸었을지도 모른다.

The Project Gutenberg eBook of *The Grizzly King*

This eBook is for the use of anyone anywhere in the United States and most other parts of the world at no cost and with almost no restrictions whatsoever. You may copy it, give it away or re-use it under the terms of the Project Gutenberg License online at https://gutenberg.org/license. If you are not located in the United States, you will have to check the laws of the country where you are located before using this eBook.

그리즐리 곰 왕: 야생의 모험담

출판일: 2025. 6. 20

지은이: James Oliver Curwood
옮긴이: 정희정
펴낸곳: 문림출판

등록: 2025.5.23. (제 385-2025-000034호)
(우편번호 14055) 경기도 안양시 동안구 관양동 시민대로327번길 11-41
안양창업지원센터 동안 청년오피스 3층 3697호
munlimpublishing@gmail.com

© 문림출판, 2025

ISBN 979-11-993047-0-3 (03840)